웰컴 투 갱년기

웰컴 투 갱년기

발행일 2025년 2월 10일 (초판 1쇄)

지은이 이화정
펴낸이 김현용
펴낸곳 오도카니   **출판등록** 제 2024-000237호
주소 경기도 고양시 일산서구 중앙로 1444, 5층 501호
전화 010-2070-2937
이메일 odocany@naver.com
블로그 https://blog.naver.com/odocany
인스타그램 odocany.books

ISBN 979-11-990852-1-3 (03810)

반짝이는 나날들 시리즈 ★★★
허무의 바다에 누워 밤하늘에 빛나는 수많은 별들을 올려다봅니다.
오도카니는 광대한 우주보다 별 하나하나의 사연에 더 관심이 있습니다.
소소하지만 저마다 반짝이는 삶의 의미를 담은 이야기….
오늘도 가만히 앉아 귀를 기울입니다. 당신의 이야기를 들려주세요.

웰컴 투 갱년기

Welcome to Menopause

오도카니

이 책에 사용된 폰트는 다음과 같습니다.

Mapo 꽃섬(마포구)
Mapo 금빛나루(마포구)
Sandoll 눈솔(산돌)
경기천년바탕(경기도청)
동글(류양희)
문화재돌봄체(문화재돌봄사업)
본고딕(Adobe/Google)
본명조(Adobe/Google)
프리텐다드(김형진)

갱년-기(更年期)

인체가 성숙기에서 노년기로 접어드는 시기. 대개 마흔 살에서 쉰 살 사이에 신체 기능이 저하되는데, 여성의 경우 생식 기능이 없어지고 월경이 정지되며, 남성의 경우 성기능이 감퇴되는 현상이 나타난다. _{표준국어대사전}

更

1. (고칠 경)

a. 고치다
b. 개선하다(改善--)
c. 변경되다(變更--)
d. 바뀌다
e. 갚다, 배상하다(賠償--)
f. 잇다, 계속하다(繼續--)
g. 겪다
h. 지나가다, 통과하다(通過--)
i. 늙은이
j. 밤 시각(時刻)
k. 임기(任期)
l. 번갈아, 교대로

2. (다시 갱)

a. 다시
b. 더욱
c. 도리어, 반대로(反對-)
d. 어찌

meno-pause

폐경기, 갱년기 _{옥스포드영한사전}

pause

(영어) [pɔːz] (말·행동 등의) 멈춤, 휴지
(프랑스어) [poːz] (일시적) 중지, 휴지, (짧은) 휴식 (시간)
(독일어) [páʊzə] 휴식, 쉼; 휴식 시간; (일시적) 멈춤

갱년기 그녀의 다정한 초대

김희정(번역가)

　이화정 작가의 책은 늘 다정하다. 전작 <함께 읽어 서로 빛나는 북 코디네이터>, <아름다움 수집 일기>, <우리의 영혼은 멈추지 않고>는 모두 그녀가 내미는 다정한 손길이었다. 기다리고 기다렸던 <웰컴 투 갱년기>는 특히 읽는 내내 인생의 여정을 함께하는 다정한 친구와 대화를 나누는 느낌이다. 그도 그럴 것이 전작들이 너무 좋은 걸 혼자 누리다 더이상 참지 못하고 누군가와 나누기 위해서 쓴 글이라면, 이번 책은 아예 처음부터 여성이라면 (사실 남성도) 누구나 거쳐가야 할 갱년기라는 강을 함께 건너자고 적극적으로 손을 내미는 책이 아닌가.

　그녀는 미사여구로 자갈길을 꽃길인 것처럼 속이지도, 자갈길이 힘들지 않다고 씩씩한 척하지도 않는다. 혼란과 외로움의 30대와 지난한 노력을 기울인 40대를 거쳐 이제 겨우 빛나는 50대에 도달해 지금까지 잘 살아온 자신을 대견해하려는 차에 슬슬 배신을 해오는 몸이 야속하고 서럽다는 투정을 하는데, "나도 그래요!" 하고 절로 고개를 끄덕이며 옆에 있으면 손이라도 맞잡고 싶은 생각이 든다. 그러나 작가는 거기서 그치지 않고 생체 주기로부터의 자유가 주는 해방감과 '플러스를 향해 가는 삶, 마이너스를 위해 애쓰는 삶, 다시 오는 것에 대한 감사와 지금을 기쁘게 누리는 우리'를 세우면서 인생의 중간 정산을 하고, '호기심과 열정에 빛나는 갱년기'를 보내면 어떠냐고 제안한다. 지금까지 잘 살아온 우리 자신을 '대견해하고 아까워하자'고 외친다.

이화정 작가는 갱년기를 '몸의 변신과 마음의 진보로 고양되는 시기'라고 규정한다. 갱년기에 관한 정보가 넘쳐나는 세태 속에서 머리가 터져라 수없이 많은 책과 웹사이트를 뒤지며 읽고 공부한 내용과 진솔한 경험담을 인심 좋게 풀어내면서 여러 세대의 여성들과 연대하고 대화의 물꼬를 트기 위해 이 책을 썼다고 밝힌다.

그녀와 함께라면 그녀 말대로 '아픈데 힘이 나고, 슬픈데 감사하고, 혼자여도 신나는 갱년기'를 보낼 수 있지 않을까. 이 씩씩한 언니/동생과 함께라면 '줄어들고 없어지는데 충만해지는 일이 생기기 시작'할 것 같은 예감에 든든해진다.

그녀의 이 다정한 초대에 응하지 않고 배길 수 있는 사람이 있을까?

번역가 김희정

가족과 함께 영국에서 살면서 전문 번역가로 활동하고 있다.

<나는 메트로폴리탄 미술관의 경비원입니다>, <완경 선언>, <랩 걸>, <우주에서 가장 작은 빛>, <배움의 발견>, <시크>, <칼 라르손의 나의 집 나의 가족>, <장하준의 경제학 레시피>, <잠깐 애덤 스미스 씨, 저녁은 누가 차려줬어요?>, <나무의 모험>, <그들이 말하지 않는 23가지>, <어떻게 죽을 것인가>….

내 삶에 영향을 끼친 이 책들이 김희정 선생님의 손을 거쳐 내 책장에 꽂혀 있다는 사실에 놀라곤 한다. 이 책들을 읽으며 삶과 죽음에 대한 깊은 사유로 나아갔으며, 나무와 우주, 자연의 경이로움에 매혹되었다. 상실과 슬픔을 승화시키는 예술의 힘과 여성 서사의 가치를 발견하며 내면을 든든히 채웠다. 이 책들 덕분에 예술과 과학, 경제 등 나를 둘러싼 세상에 대해 공부할 수 있었다. 몸에 대한 시선을 점검하고 완경에 대한 새로운 의미를 돌아보는 기회를 얻기도 했다.

선생님이 신중하게 선택한 어휘와 공들여 옮긴 문장들, 오래 매만지며 다듬은 문장들을 읽으며 책 읽는 기쁨과 보람을 누렸다. 번역가의 이름만으로도 신뢰하며 책을 펼쳐도 된다는 걸 선생님 덕분에 알았다. '50대 두 여자의 다정한 초대'와 '50대 북클럽'으로 귀한 인연을 이어가고 있으며, 2022년 번역하신 <완경 선언>을 함께 읽은 덕분에 나의 갱년기 이야기를 시작할 수 있었다.

갱년기 담론이 널리 널리 퍼지도록

자현(책구름 출판사 편집장)

이화정 작가의 <웰컴 투 갱년기>는 50대에 접어들면서 이전과는 차원이 다른 '생명에는 지장이 없지만 삶의 질을 떨어뜨리는' 몸의 변화와 병원 순례를 동반하는 갱년기를 참다운 나로 살아갈 수 있는 절체절명의 시간이자 기회는 이때다! 인생의 대전환기갱신기로 정의하고, 담담히 수용하며 환대로까지 나아간다. 그 과정에 가족 돌봄을 우선시했던 3~40대 전업주부가 있고, 함께 갱년기를 겪는 동지가 있고, 엄마의 갱년기를 무심히 지나쳤음을 알아채는 딸의 마음이 있다. 쓸쓸함과 서운함을 주는 대상이었다가 있는 그대로의 존재로 재정립되는 남편도 있다. 그래서 이 책은 갱년기에 도착하기 전이거나, 지나가는 중인 이들, 당사자와 주변인 모두에게 유용하다.

내 몸을 아껴 쓰는 '쓰기의 고수', '최고의 나를 목격할 때의 희열'과 그럴 때 찾아오는 '명징한 자기 인식', '안 괜찮아'

라고 말하는 갱년기의 용기, '요가는 몸을 쓰는 행위이고, 글쓰기는 정신을 쓰는 일' 같은 문장에 힘이 넘친다. 저자는 통증과 노화라는 고통스러운 현상에 당황하면서도 지금껏 고생해 준 몸에 납작 엎드리고 '싹싹 빌며' 단단하게 '나'라는 뿌리를 내린다. 그의 갱년기 여정을 따라가다 보면 통증은 통증대로, 어려운 일은 어려운 대로 잘 흘러가리란 긍정심이 피어오르고, 나의 갱년기는 얼마나 자유롭고 근사할지 그려 보게 된다.

이화정 작가는 나의 작가였다. 두 권의 책을 함께 작업했고, 이번 책을 쓰는 과정도 가까이서 지켜봤다. <웰컴 투 갱년기>는 '작가가 쓰고 독자가 완성하는 책'을 만들고자 했던 2021년 여름의 책 <아름다움 수집 일기>의 계보를 잇는다. 나는 속으로 <갱년기 수집 일기>라 부르고 있다. 먼저 겪은 이들이 전해 주는 구체적인 경험담을 통해 갱년기 담론이 널리 널리 퍼지게 할 것! 불안과 좌절이 몰아칠 때마다 저자가 더 깊이 품고 매만졌을 환희의 빛을 상상해 본다.

월경의 완성, '완전한 마감' 완경이 품은 강인함을 강조하며 갱년기를 '갱신기'로 쓰자는 저자의 제안에 전적으로 동의한다. 여성 몸의 역사가 곧 자유와 평등, 혁명의 역사가 아니던가. 가장 통쾌했던 문장, "그만! 내가 알아서 할게요!"

당당하고 '파닥파닥 재밌고 신나는' 갱년기 수다장에서 새로운 우리들을 만나고 싶다.

책구름 편집장 자현

<아름다움 수집 일기>, <우리의 영혼은 멈추지 않고> 두 책이 나오는 동안 편집자와 교감하는 기쁨이 컸다. 작가의 마음 깊이 숨겨진 이야기를 미지의 독자에게로 이어주는 것은 얼마나 귀한 일인지. 독백 같은 이야기에 귀를 기울이며 섬세하게 감응해 준 편집자를 만나 작업할 수 있었던 걸 큰 행운으로 여긴다. 우리는 왜 글을 쓰고 책을 만드는가, 자주 이야기를 나누었다.

그림책 작가 M. B. 고프스타인은 '내가 책으로 보여주고 싶었던 가장 중요한 한 가지는 좋은 것을 만들기 위해 열심히 일하는 삶, 그 아름다움과 진정성입니다.'라고 했다. 이야기 조각들을 모아 둔 작은 수첩을 <아름다움 수집 일기>로 엮어 내는 그의 모습을 보면서 떠올렸던 문장이다.

책을 쓰다 한 글자도 쓸 수 없을 만큼 지치고 힘들 때면 티 나지 않게 자현에게 의지했다. 써 놓은 글을 읽을 때 자현의 시선을 빌려 고치고 다듬을 때도 있었다. 적절한 칭찬 아니면 말을 아끼는 사람의 추천사를 받는 건 큰 기쁨이자 자랑이 아닐 수 없다.

목차

프롤로그

"갱년기 아냐?", "갱년기라 그래.", "사춘기도 갱년기는 못 이겨!", "갱년기 증상 같아."

사회에서 통용되는 갱년기의 언어들, 갱년기 여성들을 묘사하는 말들을 유심히 살펴보며 의문과 반감이 쌓이기 시작했다. 갱년기와 거리가 멀었던 30대 아기 엄마 시절에도, 40대를 지나오는 동안에도 '갱년기'는 늘 부정적인 말투로 들렸다. 지나치게 희화화된 상황 속에서 웃음거리가 되기 일쑤인 갱년기 여성의 모습. 50대에 접어들자 더 이상 남의 이야기가 아니었다. 관찰자에서 당사자가 된 나는 여러모로 아프고 괴로웠다. 날마다 몸이 아우성쳤고, 그럴수록 감정은 예민해지고 의식은 날카로워졌다. 육체와 정신의 균형이 무너지고, 무기력한 마음과 들끓는 감정이 불화하는 시기. 갱년기의 첫인상은 그랬다.

하지만 시간이 흐를수록 뭔가 이상했다. 아픈데 힘이 나고, 슬픈데 감사하고, 혼자여도 신났다. 줄어들고 없어지는

데 충만해지는 일이 생기기 시작했다. 어떤 시기는 한없이 취약하고, 다른 시기는 더없이 강인해진 모습에 스스로도 놀라는 오묘한 시기. 인생의 큰 전환점이 되는 시기를 그저 '갱년기'라는 단어 하나로 퉁치고 싶지 않아 이 책을 썼다.

예상했던 것보다 갱년기의 일상은 고달프고 힘들다. 그런 나를 돕기 위해 애썼다. 힘쓴 만큼 힘이 되는 역량이 생겼다. 나이 듦을 담담하게 수용하겠다는 의지, 취약한 몸 상태를 적극적으로 돌보려는 마음의 강인함, 어떤 상황 가운데서도 균형을 잡으려는 태도, 복잡한 인간관계를 관조하는 시선까지. 문득 그 모든 것이 갱년기의 힘이라는 생각이 들었다.

나의 갱년기는 시들거나 메마르고, 중단되고, 쇠약해지는 갱년기가 아니라 다시 피어나고, 새로 시작하고, 단단해지는 시기다. 빈자리에 나를 위한 것들을 적극적으로 찾고 채우는 시기라는 나만의 갱년기 정의가 내 삶의 한 페이지에 뚜렷한 존재감으로 빛나기를 바라며 썼다.

나만의 갱년기 언어를 찾기 위해 쓴 이 책이 각자의 갱년기를 긍정하고 기념하는 언어들로 이어지기를 소망한다.

01 갱년기 괴담, 왜 그렇게 겁만 줬을까?

"당신, 갱년기야?"라는 한마디에 내포된 의미는 얼마나 다양한지.

왜 갑자기 짜증인데?

어휴, 또 히스테리야.

조심! 오늘 엄청 우울해 보임.

아, 또 앓는 소리네.

갱년기는 피할 수 없다고 생각했지만, 먼일이라 여겼다. 월경이 불규칙해지면서 한동안은 휴대폰 앱에 기록을 했는데, 어느새 내가 월경을 하는 사람이었던가 까맣게 잊게 되었다. 언젠가는 찾아오려니 막연히 생각했던 갱년기. 정확히 언제 갱년기에 접어들었고 얼마나 지나왔는지 설명하기 어렵다. 30대부터 주위들은 이야기를 되짚어 보면 누구도 갱년기를 환영하지 않았다. 갱년기의 삶에 대해 기대하는 사람도 없었다. 갱년기는 그저 괴롭고 처량하고 쓸쓸한, 달갑지 않은 통과의례였다.

50대에 접어든 2022년은 살면서 가장 병원을 많이 다닌 해였다. 연초에는 극심한 허리 통증으로 매일 물리 치료를 받았고, 도수 치료라는 것도 처음 받아 보았다. 뜨끈한 침상에 누워 찌릿찌릿 저주파 치료를 받거나 비록 기계일망정 안마기에 몸을 맡기고 있을 때면 까무룩 기분 좋은 잠에 빠져들곤 했다. 당시 1,500원이면 물리 치료를 받을 수 있어서 매일 출근하다시피 하는 어르신들도 있다고 들었는데, 이해가 됐다. 허리 통증이 잠잠해질 무렵 목 통증이 시작되었고, 머리를 고정하고 길게 잡아 뽑는 요상한 느낌의 견인 치료를 한동안 받았다. 그다음은 관절이 너무 아파 병원에 갔더니 퇴행성 관절염이라나. 파라핀 치료를 권해 두어 번 하다 말았다. 아침에 눈을 뜨면 주먹을 쥐었다 폈다 하며 붓고 굳은 손가락 펴는 일로 일과를 시작하곤 했다. 어느 날은 자궁 주위가 밑에서 잡아 뽑듯이 아파 산부인과를 들락거렸고, 시린 이 때문에 울면서 양치질을 하다가 치과로 달려가기도 했다. 일 년 동안 몸 구석구석이 반란을 일으키듯 돌아가며 아픈 통에 요가를 쉬고 그저 간간이 걷는 것으로 운동을 대신했다. 요가를 다시 하고 싶었지만, 또 허리가 아프면 어쩌지 걱정만 하다가 큰맘 먹고 일대일 수업을 받았다. 스트레칭 위주로 수업을 받으며 요가 동작을 정확히 익히는 데 주력했다. 그동안 내 멋대로 자세를 취하고 엉뚱한 방향으로 힘을 주고 있었다는 걸 알고 얼마나 기가 막히던지. 몸을 비롯한 나에 대한 무지를 깨닫고 새로 배워가는 여정이 갱년기가 아닌가 싶다.

얼마나 고단한지 신호를 보내는데도 모른 척해서 몸이 비명을 지르는 건 아니었을까? 마음의 피로가 겹겹이 쌓여 돌처럼 굳어가는 걸 보다 못해 허리로 목으로 돌팔매질을 한 거였을까? 실컷 울고, 악도 좀 쓰면서 살라고. 하루 종일 아무것도 안 해도 큰일 나지 않으니 걱정 말라고. 내가 나를 용납해 주는 시기, 밥때가 지나도록 하던 일을 마저 하며 식구들 끼니 나 몰라라 해도 괜찮다고 스스로 허락해 주는 시기, 기회가 생기는 족족 눈치 보지 않고 훌쩍 여행을 떠나도 되는 시기. 나의 갱년기 신호탄은 이런 의미로 팡팡 터졌다.

'갱신更新'이라는 단어는 이미 있던 것을 고쳐 새롭게 한다는 뜻이다. 갱년기의 다른 이름으로 갱신기를 쓰면 어떨까? 살림에 쓰던 에너지를 나에게 집중하고, 내 안에 숨어 있는 예술적 기질을 찾아내 발휘하면서 신나게 인생의 전환기를 즐기는 것이다. 몸이 보내는 신호에 다정히 응답하며 최선의 조치를 취하고, 이전과는 다른 일상을 경험할 기회를 주기 위해 애써 보는 것. 지금껏 열심히 살아온 내가 다시 열심을

낼 기회가 생긴다면, 양보와는 '헤어질 결심'을 하고 오로지 나를 위해 쓰기로 마음먹었다.

2024년 1월, 피아노를 배우기 시작했다. 간간이 그림을 배우고, 일주일에 세 번 요가 수련에 매진하고 있다. 틈만 나면 좋아하는 사람들과 특별한 이름을 붙여 만난다. 계절을 기념하는 산책 모임을 하고, 주제를 정해 여행을 떠난다. 별의별 모임을 기획하고 실행하면서 갱년기를 힘차게 통과하고 있다. "갱년기 때는 말이야."라고 겁만 줬던 사람들처럼 살고 싶지 않다. 나는 후배들에게 보여주고 싶다. 파닥파닥 재밌고 신나는 갱년기도 가능하다는 걸.

02 귀여운 할머니에서
요가하는 튼튼한 할머니로

　요가원에 처음 가던 날, 문을 열고 들어가기까지 바짓가랑이 잡고 늘어지듯 나를 막아선 두려움은 한두 개가 아니었다. 몸에 달라붙는 민망한 요가복을 어떻게 입는담? 6개월분을 덜컥 결제했는데 그만두고 싶어지면 어떡하지? 어려서부터 몸치 소리 들었던 내가 잘 따라 할 수 있을까?

　요가가 나에게 맞는 운동이라는 걸 깨닫고 재미를 붙일 때쯤 이사를 하게 되었다. 새로 등록한 요가원에서는 처음 접해 보는 프로그램이 영 적성에 맞지 않았다. 잘 따라가지 못하는 신입 회원을 나 몰라라 하는 선생님에게 마음을 다쳐 도중에 그만두었다. 대형 스포츠 센터의 새벽 요가 수업을 거쳐 가까스로 정착한 요가원에서 수련이 익숙해질 무렵 허리 통증으로 병원 순례가 시작되었다. 갱년기가 방해꾼처럼 여겨지던 시기였다. 몸과 마음이 온갖 불평불만을 쏟아 내기 시작했다. 몸무게는 늘고 마음은 무거워지고 무기력증이 수시로 나를 주저앉혔다. 정신과 육체의 불화가 얼마나 일상을 좀먹는지 실감하는 날들을 일 년 가까이 보냈다.

"요가를 다시 시작해야겠어!"
겨우 잦아든 목 통증과 허리 통증이 재발할까 두려웠지만, 원장님과 일대일 수업을 하며 수련 자세를 정확히 익히고 잘못된 습관을 바로잡았다. 그동안 힘을 주어야 하는 방향이 제각각 다른데 한 군데만 신경 쓰느라 다른 쪽 자세는 엉망이었다는 걸 알게 되었다. 예를 들면, 전사 자세 중 하나인 '비라바드라아사나2 Virabhadrasana2'. 이 자세는 양발을 벌리고 오른발은 밖으로 90도 회전, 왼발은 안으로 45도 돌린다. 오른쪽 무릎을 90도 직각으로 굽히고 왼쪽 다리는 쭉 뻗는다. 양팔은 수평이 되게 벌리고 오른쪽 손끝을 바라본다. 여기까지는 대강 따라 할 수 있다. 그런데 몇 년에 걸쳐 듣는 둥 마는 둥 했던 설명이 어느 날부터인가 귀에 들어오기 시작했다. 처음에는 중심 잡느라 낑낑대고, 팔은 뻗는 시늉만 했다. 팔과 시선을 의식하면 다리에 힘이 풀리고, 다리에 힘을 주면 허리를 곧추세우는 게 흐트러지기 일쑤. 팔, 다리, 호흡이 따로따로 갈팡질팡 어쩔 줄 모르는 사이 몸은 부들부들.

지금은 달라졌다. 발가락으로 매트를 움켜잡듯 중심을 잡고, 허벅지 뒤쪽이 단단해지도록 힘을 준다. 양쪽으로 뻗은 팔은 가만히 두지 않고 더 길게 뻗는다. 자꾸만 뒤로 빠지려는 엉덩이는 힘을 주어 앞으로 밀어내고 복부를 납작하게 만들어 허리를 곧추세운다. 오른쪽 무릎은 90도 각도를 유지하며 뒤꿈치에 힘을 싣고, 왼쪽 허벅지는 천장을 향해 들어올린다. 동작을 완성해 가는 동안 균형이 잡히면 호흡에 집중하기 시작한다. 코로 깊이 숨을 들이마시며 옆구리에 호흡을 채우고 상체를 들어올린다. 천천히 숨을 내쉬는 동안 무릎을 깊숙이 낮추고 양쪽 손을 더 길게 뻗는다. 흔들리지 않고 단단해진 내 몸. 나를 든든한 존재로 인식하게 되는 놀라운 순간을 마주한다. 내가 나에게 믿을 구석이 되어 줄 수 있겠다는 자신감이 솟아오른다. 봐, 내 힘으로 이렇게 흔들림 없이 서 있다고. 나는 내 삶의 전사야. 나를 지킬 힘은 나에게서 나와.

　요가의 묘미는 호흡에 있다. 갈비뼈 양쪽이 부풀어 오르도록 숨을 길게 들이마시고 천천히 내뱉는 동안 동작은 조금씩 깊어지고 유연해진다. 더 오래 버틸 수 있고 조금 더 숙일 수 있다. 충일한 기쁨으로 눈물이 흐를 때도 있다. 몸은 정직하다. 오래 애쓴 만큼 나를 강하게 만들어 준다. 자신을 믿으라는 추상적인 말을 요가에서 구체적으로 실감하곤 한다. 하체에 힘이 생기니까 마음도 단단해지는 것 같다. 숨이 차고 힘이 풀리기 시작하면 한 번 더 심호흡한다. 에너지를 끌어모아 내 손끝을 향해 슈웅. 그 에너지는 다시 내 안으로 깊숙이 스며들어 땀으로 흘러내린다. 개운한 마무리. 몸과 마음이 서로 화해하고 협력하며 더없이 친해지는 흡족한 시간이다.

갱년기의 갱자도 모르고 까불던 40대 후반, 내 꿈은 귀여운 할머니였다. 우아하고 고상한 할머니가 될 거라던 나는 이제 다르게 말한다.

"난 요가하는 튼튼한 할머니가 될 거야!"

근력이 떨어지고 관절이 약해진 요즘, 다칠까 두려워하는 마음이 불쑥 올라와 서글퍼질 때면 처음 요가를 하던 때의 나를 떠올린다. 들숨 날숨을 교환하며 몸과 영혼이 교감하는 기쁨을 누리는 요가. 가만히 서 있는 듯하지만 끊임없이 자세를 가다듬으며 자신의 존재감을 고양하는 이 멋진 수련을 꼬부랑 할머니가 되어서도 멈추지 않기를!

★ 갱년기 운동으로 강추! 요가의 매력을 담은 책

- 이아림 지음, <요가 매트만큼의 세계>, 북라이프, 2018.
- 정우성 지음, <단정한 실패>, 민음사, 2021.
- 마이뜨리 지음, 요기윤 그림, <마이뜨리, 생에 한 번쯤은 요가>, 디 이니셔티브, 2021.

03 육수 내는 시간을 피아노 배우는 데 쓴다

평소 저녁 시간에 가던 요가를 오전에 다녀왔다. 처음 자세를 잡을 땐 신음부터 나오지만 호흡을 들이마시고 내쉴 때마다 조금씩 동작이 부드러워지는 걸 느낀다. 수련 도중 요가는 몸을 쓰는 행위이고, 글쓰기는 정신을 쓰는 일이라는 생각이 들었다. 이 문장을 까먹지 않으려고 세 번이나 중얼거렸다.

무언가를 쓰는 건 이토록 어렵고 힘든가 싶으면서도, 수련을 마치고 난 뒤의 노곤함과 개운함을 생각하니 잔잔한 감동이 밀려들었다.

'그래, 글을 쓸 때도 이렇지. 다 쓰고 나면 한없이 고요하고 잔잔한 마음이 일렁이잖아.'

무언가를 써야만 찾아오는 것들이 몸과 글뿐이겠는가. 요리를 하든, 청소를 하든, 다림질을 하든 시간을 쓰고 신경을 더 쓰면 나타나는 것들. 감칠맛 나는 요리, 말끔해진 공간, 단정한 옷태.

나이 들어갈수록 이전과 다르게 덜 쓰고 싶은 것들이 늘어난다. 애쓰고 힘쓰는 건 자랑스러운 일이지만, 그 애씀의 방향을 다른 곳으로 돌리고 싶어서. 글쓰기는 바깥으로 향하던 에너지를 자신에게로 돌리는 연습을 하기에 효과적이다.

얼마 전까지만 해도 육수 내는 데 공을 들이는 사람이었다. 은빛 도는 국물용 멸치를 내장을 떼어 한 줌, 통영산 디포리를 큰맘 먹고 제철에 사두었다가 몇 마리 투척, 한살림 다시마를 손바닥 크기만큼 잘라 넣는다. 무도 넉넉히, 양파도 한 개 넣어 뭉근하게 끓여 육수를 만들어 두었다. 요즘은 코인 육수를 쓴다. 두세 알 넣고 요리해도 공들인 육수 못지않다. 반조리 식품도 애용한다. 줄어든 요리 시간을 피아노 배우는 데 쓴다. 청소는 주말에 남편이 한다. 아들, 딸 방은 각자 알아서 하도록 내버려 둔다. 청소 주기가 길어지면 마음이 불편해져 대신해 주기도 했는데, 된통 싫은 소리를 들은 이후 눈을 질끈 감고 못 본 척한다. 대신 매일 간단히 청소기를 돌리고 마음이 동하면 구석구석 쓸고 닦는다. 청소할 시간에 도서관을 한 번이라도 더 들락거린다. 다림질도 남편에게 일임했다. 무거운 다리미를 들고 땀을 뻘뻘 흘리며 다림질하던 시간을 책 읽는 데 보탠다. 집에 있는 날이면 어김없이 찔끔찔끔 잡다한 일을 하느라 시간이 훌쩍 지난다. 베란다 바닥을 쓸다가 창고를 뒤집어엎거나 여기저기 흩어져 있는 박스를 다 쏟아 놓고 분류를 하네 버리네 난리를 치다가 하루가 간다. 대부분 꼭 필요한 일이지만 더없이 귀찮은 일. 이제는 날을 잡아 제대로 해치운다. 애매모호하게 흘러갈 시간을 아끼려고 카페로 '출근'해 글을 쓰거나 모임과 강의 준비를 한다.

시간을 다르게 쓰는 법, 갱년기의 기술이라 여길 만하다. 식구들에게 일을 분배하고, 도움을 청한다. 이제껏 그대들을 살리는 살림을 해왔으나 이제는 나를 새롭게 살리는 일을 해보겠다고. 그러니 협조 좀 해 달라고.

이제는 내 몸을 돌보기 위해 애를 쓰고, 나를 즐겁게 해주려 기를 쓰고, 나의 지나온 삶을 기념하고 다가올 삶을 위해 나의 이야기를 쓴다. 그냥 쓰지 않는다. 내 몸이니 아껴 쓰고, 내 행복을 위해 한껏 쓰고, 눈치 보지 않고 맘껏 쓴다. 제대로 쓰고, 귀하게 쓴다.

갱년기, 쓰기의 고수라 할 만하다. 만세!

04 50대의 섹스,
잃어버린 친밀감 회복하기

한결같이 내 몸을 아끼고 존중하는 남편을 만난 걸 다행으로 여긴다. 상대방의 몸을 귀하게 여기고 조심스레 대하는 태도는 당연하다. 하지만 부부관계에 대한 다양한 사례를 접하면서 내 몸뿐만 아니라 타인의 몸에 대한 지식이 부족하다는 걸 알게 되었다. 행복한 결혼 생활을 위해 가장 중요한 건 의사소통이라고 생각한다. 특히 부부관계에서 그렇다. 섹스는 몸으로 나누는 대화다. 나이가 들수록 몸의 변화로 생기는 당혹감과 불편함이 커지는 만큼 몸뿐 아니라 마음의 소통이 중요해진다.

갱년기의 성 문제는 건조, 통증, 발기부전, 성호르몬 감소 등의 의학적 증상으로 다뤄지는 경우가 많다. 몸의 노화를 자연스레 받아들이며 최선의 보완책을 찾아가는 동안 넘쳐나는 보조식품 광고와 시술 정보, 선정적인 기사 제목을 마주하게 된다. 그뿐인가? "이젠 끝났어.", "가족끼리 무슨 짓

이야."라는 불편한 농담에 쓴웃음을 지으며, 그 안에 담긴 부정적인 함의에 저항해야 한다.

50대 중반을 넘긴 남편이 우스갯소리로 "할멈~" 하고 부르거나 스스로를 노인 취급할 때면 뜨악한 시선으로 바라보게 된다. 물론 욕실 거울에 비치는 내 몸에 화들짝 놀랄 때도 많다. 축 늘어진 가슴, 불룩한 배와 펑퍼짐한 엉덩이가 서글퍼지기도 한다. 월경이 불규칙해지기 시작하고 몸이 여기저기 아프기 시작하면서 체중이 5킬로그램이나 늘었을 땐 마음이 한없이 가라앉았다. 순식간에 변한 체형에 적응하기 힘들었다. 부부관계도 불편하고 시들해졌다.

가끔 남편의 뒷모습을 볼 때면 애잔하고 복잡한 마음이 훅 밀려든다. 탄탄했던 어깨는 구부정해졌고, 무성하고 뻣뻣했던 머리카락은 힘없이 가라앉아 있다. 늘 지쳐 보이는 남편의 등은 여전히 말이 없지만, 왠지 대화를 나누고 싶어하는 것 같다. 이럴 때 몸의 대화를 시도해 볼 만하지 않을까. 많은 말 필요 없이 에구, 언제 이렇게 나이가 들었나 몰라. 먹고 사느라 애썼네, 애썼어. 이리 와 봐. 우리 참 수고했다, 그치? 툭툭 엉덩이를 두드려 주고 서로의 팔을 깊숙이 얽고, 튀어나온 배는 잠시 집어넣고, 심장과 심장을 더 가까이 밀착

시켜 보는 거다. 아직 뜨겁게 뛰는 가슴을 서로가 느낄 수 있도록. 좀 쑥스러워도 서로의 눈을 들여다보기도 하면서. 이때만큼은 노후 걱정, 애들 걱정, 건강 걱정, 집수리 걱정 같은 건 잠시 치워 두고.

배우자와 원활한 의사소통을 하는 것은 생각보다 쉽지 않다. 서로를 잘 알고 있다고 여기지만, 도통 그 속이 어떤지 모르겠어서 답답한 사이가 부부 아닐까? 무심해 보이는 남편의 말 한마디에 입을 다문 적이 많았다. 물리적으로 가장 가까운 존재이면서 심리적으로는 남보다 더 먼 것 같은 쓸쓸함이란. 나의 감정에 매몰되어 있을 때는 원망과 비난으로 가득 차서 남편 또한 그런 감정을 느낄 거라는 걸 간과했다. 제대로 설명하지 못해 답답하고 서운했던 날들.

남편의 침묵 속에서도 외로움과 무력감이 보일 때가 있다. 남자들의 갱년기 또한 농담으로 스쳐 갈 뿐 속 깊은 괴로움은 묻히기 쉽다. 감수성이 풍부한 남편은 전에도 드라마를 보면서 눈물을 흘리곤 했는데, 요즘은 오열 수준으로 깊게 감응한다. 드라마를 보며 우는 남편을 놀린 게 미안하다. 남편의 내면에 깊게 드리운 슬픔과 회한을 진지하게 들여다보지 않는 것도 무심한 처사 아닌가. 함께 나이 들어가며 느끼는 서글픔을 따스하게 어루만져 주면 좋으련만. 각자의 삶의 무게에 짓눌려 마음과는 다르게 툭툭 내뱉는 말들을 점검해 볼 일이다.

서로의 존재를 깊이 껴안으며 사랑을 나누는 행위는 부부 사이에 꼭 필요한 소통 행위다. 나의 만족감을 우선으로 하는 남편 덕분에 부부관계에 대한 불만 없이 살아왔다. 갱년기를 통과하며 확연히 줄어든 부부관계의 횟수로 나이 듦을 실감한다. 이제는 이벤트인 양, 혹은 쓸데없는 농담을 섞어 의사를 타진하며 부부관계를 도모하는 우리가 좀 짠하기도 하다. 그럼에도 나는 갱년기 이후의 부부관계를 열렬히 희망한다. 예전만큼 몸이 따라주지 못할지라도 친밀함이 극대화되는 몸의 대화를 갈망한다. 각자가 살아오느라 애쓴 흔적이 새겨진 몸. 탱탱하던 피부는 늘어져 출렁대고, 조금만 보습에 소홀하면 허옇게 각질이 일어나는 몸. "어휴, 몇 개월이세요?" 놀리며 슬쩍 배를 쓰다듬으며 장난을 치다가도 서로를 깊게 끌어안으면 좋겠다. 젊은 시절, 창창했던 몸으로 뜨겁게 사랑했던 우리가 여전히 그 사랑을 멈추지 않았음을 기뻐하면서. 갱년기로 접어든 몸이 낯설어질 때, 서로의 몸을 바라보며 경탄의 시선을 거두지 않기를 바란다. 존재 자체를 존중하며 바라봐 주는 것. 몸으로 깊은 대화를 나눠 보는 것. 할머니 할아버지가 되어서도 포기하지 말기로.

05 엄마의 갱년기,
너무 일찍 할머니로 만든 불효

스무 살에 남편과 연애를 시작했다. 스물여섯에 결혼했고, 이듬해 첫아이를 낳았다. 덜컥 엄마가 된 딸 때문에 외할머니라 불리게 된 그해, 엄마의 나이는 오십이었다. 할머니라 불리기엔 억울한 나이라고 뒤늦게 깨달은 건 내 나이 오십이 되던 해였다. 나는 아직 소녀와 처녀와 아줌마의 정체성이 두루 섞인, 할머니라 불린다는 건 상상도 하기 싫은 여자로 살고 있었다. 그런 내가 엄마의 50대를 할머니로 살게 하다니. 두고두고 죄스럽다. 딸 셋의 산후조리가 줄줄이 이어졌고, 손주들은 할머니의 헌신적인 사랑을 듬뿍 받으며 자랐다. 아이들 어릴 적 사진을 보다 가슴 한구석이 저릿했다. 엄마의 얼굴이 너무 젊어서였다.

할머니라는 말의 뉘앙스는 부르는 사람이나 처한 상황에 따라 달라진다. "함머니이이~~"라는 말에서 풍기는 절대적인 사랑과 다정함. 등 뒤에 숨으면 무서울 게 없고, 손만 뻗으면 뭐든 아낌없이 내어 주는 존재. 외할머니라는 넉넉하고 든든한 세계 속에서 내가 사랑받는 존재임을 체감하며 자랐 듯 우리 아이들도 넘치는 사랑을 받고 자랐다.

철이 들면서 내게 '할머니'는 작고 연약한, 떠올리기만 해도 가슴이 미어지는 슬픈 존재로 자리 잡았다. 엄마가 들려주는 할머니의 삶은 파란만장하다는 말이 무색할 정도였다. 꼬물거리는 아기까지 자식 여섯을 남겨 두고 남편이 뱀에 물려 죽었다, 라고 시작되는 한 여자의 삶. 지독한 가난, 작고 여린 몸으로 감당하기 힘든 농사, 혼자 자식 여섯을 먹여 살리느라 평생 고단했을 할머니의 몸은 내가 스무 살 무렵 병이 들어 바스라질 듯 여위어 있었다. 할머니의 첫딸이었던 엄마는 초등학교를 졸업하자마자 농사일을 도우며 집안 살림을 도맡았다고 한다. 친구들이 교복을 입고 학교에 갈 때 엄마는 미장원 보조원으로 취직했다. 겨울이면 동상 걸린 손으로 남의 머리를 감겨 주었다는 엄마는, 그렇게 번 돈을 모아 할머니께 소를 사드렸다. 소가 있으면 할머니 농사일이 조금은 줄어들 테니 그렇게 기쁠 수가 없었다고 했다.

첫아이 돌잔치 사진 속 엄마는 곱디곱다. 흰 블라우스에 분홍색 자켓을 걸치고 검정 스커트를 입은 엄마가 손자를 안고 있는 장면. 아기 엄마라고 우겨도 될 정도다. 엄마의 갱년기는 어땠을까? 서울에서 자취하며 직장 다니던 시절, 한 달에 두세 번 집에 갈 때면 오랜만에 맛보는 집밥에 허기진 배를 채우기 바빴다. 엄마는 오랜만에 만난 딸과 이런저런 속얘기를 나누고 싶지 않았을까? 아빠에 대한 야속한 마음을 토로하거나 막내 도시락부터 큰딸 밑반찬까지 싸느라 부엌에서 벗어날 틈이 없는 고단함을 하소연하고 싶지 않았을까? 자취 생활의 외로움에 지쳐 일찍 결혼을 해 버린 나는 엄마의 갱년기를 무심히 지나쳤다.

월급봉투를 제대로 받아본 적이 없다는 엄마는 안 해 본 부업이 없다. 단단한 야구공을 한 땀 한 땀 꿰매느라 밤이면 어깨가 아파 끙끙댔을 엄마. 수련원에 김치를 납품할 때는 혼자서 100포기를 담았다고도 한다. 고된 노동으로 툭툭 불거진 엄마의 관절을 볼 때마다 죄책감에 시달린다. 무심한 남편이 허리 한 번 주물러 주지 않는 밤, 엄마는 고단한 몸을 뒤척이며 얼마나 외로웠을까.

줄줄이 태어난 손주들 뒷바라지하느라 엄마의 돌봄 노동은 칠순이 넘도록 이어졌다. 나이 오십이 넘은 딸내미는 여전히 온갖 양념이며 제철 음식을 친정에서 받아먹는다. 그러는 사이 엄마의 몸은 여기저기 쪼그라들고 통증을 달고 살게되었다. 엄마의 갱년기를 살뜰히 챙기지 못한 것이 죄스러운나는, 내 몸만큼은 잘 보살피고 대접하기로 마음먹는다. 엄마 앞에서는 기를 쓰고 '아직은 젊고 예쁜 딸'인 척을 한다.늦은 나이에 뭔 책을 쓴다고 그 고생이냐고, 혼자 차 끌고 멀리 강의 다니는 게 얼마나 힘드냐고 걱정하는 엄마 앞에서최대한 쌩쌩한 모습으로 큰소리친다.

"엄마, 나 운동도 열심히 하고, 영양제도 꼬박꼬박 챙겨 먹어요. 이 나이에 좋아하는 일 하는 게 얼마나 큰 복이야. 걱정 마, 난 지금 너무 행복해요!"

사랑하는 사람을 위해 보여줄 수 있는 최선의 모습은 내가무탈한 것 아닐까? 딸의 갱년기를 걱정하는 엄마를 위해 나는 최대한 나를 챙기겠다고 다짐한다. 엄마의 갱년기를 모른척한 걸 사죄하는 마음으로, 씩씩하게 나이 들어가는 모습을보여드리고 싶다. 너도 늙는구나, 가슴 아파하는 엄마를 위해 궁리하곤 한다. 엄마를 만나러 갈 때는 화장을 공들여 하고, 제일 좋은 옷으로 차려입고 가야지. 여기저기 아프다는얘기는 하지 말고, 근력 운동을 해서 힘 좋다고 슬쩍 엄마를업어 드리는 것도 괜찮겠다. 엄마의 고생담을 열심히 들어드리고 호들갑을 떨며 추켜세워 드리는 것도 빼먹지 말기.

'엄마, 너무 일찍 할머니가 되게 한 거 미안해요. 엄마의 고운 모습, 내 안에 잘 새겨 둘게요.'

★ 갱년기를 살아낼 힘을 전해 주는 책

• 권여선 지음, **<각각의 계절>**, 문학동네, 2023.

06 갱년기에는 삐질 시간이 없다

"삐졌어?"

자유로를 달리던 중이었다. 생활비 얘기를 하다가 대화가 꼬였다. 별것 아닌 말에 예민해지고, 일단 귀담아듣기도 전에 반박할 준비부터 하는 모양새. 남편과의 대화에서 자주 나락으로 떨어지곤 했다. 내 마음을 제대로 알아주지 못해 서운했고, 내 편에서 봐 주었으면 하는 일에 자기 입장을 고집하며 동조해 주지 않는 모습에 화가 났다. 화법이 다른 사람과 이야기를 나누는 건 외국어를 번역하는 것만큼이나 까다로운 일일 수도 있겠다는 생각이 들었다. 구체적인 말이나 행위에 대해 시작한 이야기인데 원래 그렇다는 둥, 항상 그랬다는 둥 과거의 실수, 상처들까지 우르르 쏟아내기 일쑤. 어찌 보면 사소한 말다툼이 냉전으로 이어졌던 세월이 길다. 아까워라!

"여보, 나 오늘 힘든 일 있었다?"라는 말 뒤에 내가 바란

건 아주 단순한 한마디일 때가 많았다.

"그랬구나!"

더 욕심을 낸다면 "왜, 무슨 일인데?", "아니, 누가 당신을 힘들게 했어?" 정도. 그런 말 뒤에 구구절절 열을 내며 이야기하는 동안 스스로 정리될 확률이 높다. 하지만 대부분 돌아온 답은,

"나는 더 힘들었어!"

그러면 입을 다물게 된다. 그때 삼킨 것이 말뿐이었을까. 언젠가부터 싸우기 시작하면 화가 나는 게 아니라 슬펐다. 내가 원하는 걸 해주기 싫어서가 아니라 그러고 싶은 마음 자체가 없어서 안 하는 것. 그건 어쩔 수 없다는 생각이 들어서였다. 체념인지 포기인지 끄덕이다 보면 모든 게 다 '기승전 슬픔'으로 귀결되곤 했다. 그러다가 몇 년 사이에 변한 게 있다. 나이 들수록 경험과 지혜가 쌓여서일 수도 있지만, 호르몬의 변화 때문이기도 하다는 걸 책을 읽으며 알게 됐다. 여성 호르몬이라 불리는 에스트로겐이 줄어 불편해진 점도 많지만, 호르몬의 영향으로부터 벗어나면서 자유로워진 부분도 있다. 호르몬의 작용으로 감정에 휘둘리던 나를 제어할 수 있는 힘이 생겼다는 점! 엄청 씩씩해졌달까. 어떤 대화든 막히고 꼬이는 걸 감지하는 순간부터 좌르륵 좌르륵 번역기를 돌린다.

'아하, 그렇게 말하지만 사실 원하는 건 이거지?'

'결국 그 말은 미안하다는 마음을 에둘러 표현한 거구나?'

'원래 그 얘기를 하고 싶었던 건데, 조심스러워서 이 얘기로 출발한 거구나.'

감정이 날뛰면 이성이 긴급 출동, 냉철하게 상황을 주시하게 된다. 감정을 배제한 이성적 판단이 수월해졌달까. 말한 의도를 헤아리려 맥락을 살펴보고, 적절한 비유를 들어 나를 제대로 표현하기 위해 애쓴다. 갱년기에 들어서야 마주한 아주 마음에 드는 내 모습이다.

다시 자유로. 5분 사이에 엉클어졌던 마음이 착착 정리되고 감정의 폭풍은 잠잠해졌다. 자꾸 엇나가며 딴지를 걸고 싶은 마음을 지그시 누르고 창밖 풍경으로 시선을 돌렸다.

"나무에 연둣빛이 감돌기 시작했네. 이쁘다!"

"와, 개나리들이 웃음을 터뜨리고 있는 것 같아."

"헉, 저기 빛내림 좀 봐. 멋지네."

가만가만 혼잣말을 하는 사이 슬쩍 옆을 보았다. 내가 바라는 남편의 모습이 아닌 그저 '한 사람'으로 바라보기 시작했다. 잘해 보려고 하지만 생각처럼 되지 않아 답답하고, 매일 새벽부터 돈 벌러 가는 일이 너무 지겹고 고단하겠다 싶다. 두 아이 대학 등록금 대느라 휜 허리를 펼 새도 없이 노후 걱정을 해야 하는 나이가 됐으니 억울할 수도 있겠다. 저 사람도 나처럼 삼키는 말이 많겠다는 생각에 괜히 짠해져서 다정하게 말을 걸었다.

"저녁 먹고 들어갈까? 흥, 그래도 외식은 생활비 카드 말고 당신 카드로 결제하기다? "

돈 없다는 말을 입에 달고 살아도 맛있는 거 사달라면 거절하는 법이 없는 남편이 그럴까, 한다. 동네에 새로 생긴 순댓국집이 정갈한 데다 맛도 좋다. 든든하게 배 채우고 집에 가는 길. 삐져서 밥도 안 먹고 속 끓이던 지난날이여, 안녕.

나는 내가 너무 아깝다. 삐질 일이 생기면 보호 경보부터 울리자. 진창에 빠지기 전에 나부터 구출하자. 그리고 더는 다치지 않도록 살뜰하게 챙길 것!

★ 갱년기 부부의 대화에 번역기가 되어 주는 책

• 앤드루 포터 지음, 김이선 옮김, <빛과 물질에 관한 이론>, 문학동네, 2019.

• 앤드루 포터 지음, 민은영 옮김, <사라진 것들>, 문학동네, 2024.

• 베른하르트 슐링크 지음, 김재혁 옮김, <여름 거짓말>, 시공사, 2013.

07 명징한 자기 인식의 힘, 당당한 갱년기

갱년기 관련 정보를 검색하다 보니 어느 날부터 건강보조식품, 피부과 정보, 근력 운동, 70대 몸짱 등 별의별 피드가 다 뜨기 시작했다. 유혹에 취약한 나는 혈당 관리에 좋다는 저당 파스타를 주문하고, 효소를 먹기 시작했으며, 한 부부가 올리는 체중 감량 식단을 따라 초절임을 만들었다. 시니어 모델로 활동하는 인플루언서들의 맵시 있는 옷차림을 눈여겨보기도 했다. 스카프 매는 법을 따라 하다가 나이가 들어서도 끊임없이 관리하고 가꾸며 살아야 한다는 사실에 한숨이 나왔다. 도대체 무엇 때문에? 진짜 멋있는 사람은 어떤 사람인가 생각해 보았다. 늙어서도 멋진 사람으로 보이고 싶은 욕망은 어디에서 기인하는지도.

난 화장을 즐겨 한다. 5분이면 뚝딱 메이크업이 완성되는 간단한 화장법이지만 칙칙한 얼굴에 윤기가 생기고, 눈썹이 선명해지고, 입술에 생기가 돌면 일하러 나가고 싶어진다.

누군가에게 예쁘게 보이기 위해서가 아니라 거울에서 마주하는 내 모습이 조금은 괜찮기를 바라는 마음으로 화장을 한다. 얼굴 단장을 마치면 실내복 입고 집에 있긴 아깝군, 살살 꼬셔 옷을 갈아입는다. 가벼운 정장 차림으로 책과 노트북을 챙겨 동네 카페로 간다. 변변한 수입 없이 매일 카페 가는 게 마음 불편할 때면 도서관으로 향한다. 자리를 잡으면 허리부터 곧게 펴고 앉는다. 커피를 마시고 창밖을 바라보며 생각한다.

'나는 지금부터 중요한 일을 하려고 해. 무엇을 위한 건지는 모르겠어. 다만 나와 시간을 잘 보내고 싶어. 내가 누구인지, 무슨 생각을 하는지 알아보면서 이 시간을 나를 위해 쓸 거야. 내게서 흘러나오는 중요한 생각들을 받아 적고, 내가 할 수 있는 것들을 찾아볼 거야.'

시간이 흐르면서 스스로 중요하다고 정한 일에 몰입하는 나를 의식할 때, 깊은 만족감이 밀려든다. 돈이 되는 일이 아니어도, 사람들이 몰라줘도, 최고의 나를 목격할 때의 희열. 어떤 목적을 위해 한 것이 아니어도 최고의 성취감을 느끼는 순간의 기쁨. 그럴 때 찾아오는 명징한 자기 인식. 그것 자체가 보상이기 때문이다.

2023년 겨울로 접어들어 정해진 강의 일정을 거의 마무리

할 때쯤 암울한 소식이 들려오기 시작했다. 책과 관련된 예산이 전액 삭감되거나 줄고 있다는 기사가 뜰 때만 해도 설마 했다. 2024년 5월이 다가오기까지 어떤 기관에서도 강의 의뢰를 받지 못하면서 자주 낙담했다. 그럴 때면 짐을 싸들고 '일'을 하러 집을 나서곤 했다. 무엇보다 중요한, 나를 위한 일을 할 기회라 여기며 카페로 출근했다. 당연히 내가 일하는 방식을 존중해 주는 남편이지만, 조용한 집을 놔두고 굳이 나가서 돈을 쓰며 일하는 게 마음 불편할 때도 있다. 그럴 때마다 마음을 다잡는다. 남편이 벌어다 주는 돈으로 살아가지만, 나는 그 돈을 벌 수 있도록 기여하는 중요한 일을 한다. 2년 전부터 생활비와 별개로 내 용돈을 따로 책정했다. 눈에 보이는 가사 노동 외에도 집안이 제대로 돌아가게 신경 쓰느라 들이는 내 시간과 노력, 마음의 노동도 돈으로 환산할 가치가 있다고 믿었기 때문이다. 이런 생각을 남편뿐만 아니라 지인들에게도 기회가 될 때마다 들려준다. 당당해도 된다고 말하는 나를 의식할 때면 이것 또한 갱년기의 수혜란 걸 깨닫는다. 나의 권리, 나의 가치, 나의 노고를 스스로 치하하는 것. '갱년기의 용기'라 이름 붙이고 싶다.

오늘도 무수한 광고들이 나를 위하는 척하며 내 지갑을 노린다. '이걸 먹어요, 저걸 발라요, 이렇게 입어요…' 날마다 세상이 강요하는 나의 모습이 있다. '더 날씬해져야 해요, 주름을 없애요, 더 멋지게 입어요, 이렇게 돈을 벌어요, 저렇게 유명해지세요…'

"그만!!!! 내가 알아서 할게요! 공부 좀 하고 먹을 테니 저리 좀 가시고요! 누가 보든지 말든지 전 이게 편하고 좋습니다만! 네네, 명품 살 돈이 없으니 저는 그냥 제가 명품이 될까 합니다!"

오오 써놓고 보니 어깨가 으쓱해진다. 당당한 갱년기. 멋지다, 갱년기!

08 이제야 무슨 말인지 알아듣겠네!

    50대는 고전 읽기 좋은 나이다. 줄거리의 맥락을 쏙쏙 짚어내고, 대화 속에 깃든 가치관을 알아차리고, 펼쳐지는 사건이면에 숨겨진 의미를 읽어 낼 수 있다. 50년 세월의 경험치가 쌓였기 때문이다. 2024년 5월 11일 토요일 밤 9시, '50대 북클럽'에서 함께 읽은 책은 <노인과 바다>였다. 익히 아는 이야기에다 여러 책에서 훌륭한 해설을 읽은 터라 읽지 않았는데도 잘 안다고 착각한 책이었다.

    <노인과 바다>를 50대에 읽어서 너무 좋았다. 참여한 분들도 비슷한 고백을 했다. 20대 때는 목숨 걸고 청새치를 지키려는 노인의 행동이 이해되지 않았지만, 이제는 알 것 같다고 했다. 평면적 독서가 서로의 경험담을 토대로 풍성하게 해석되는 동안 입체적으로 책이 일어서는 느낌이 든다는 희정 선생님 표현에 감탄했다. 나는 그저 물고기와 사투를 벌이는 줄거리에 초점을 두고 읽을 뻔했는데, 소년과의 우정에

깊이 감화되었다. 마지막 부분에 등장한 상점 주인도 인상 깊었다. 몸져 누운 노인이 애달파 우는 소년에게 "내가 마음 아파하더라고 전해주렴." 하고 건넨 말 한 마디는 얼마나 세심하고 따스한지. 우리가 살아가는 데 필요한 선의가 무엇인지, 오래 머물렀던 장면이다. 안 읽었으면 어쩔 뻔!

내게 이 책의 제목은 <노인과 소년>에 가깝다. '소년은 노인을 사랑했다'라는 구절이 사무치게 아름답다. 바다 위에서 청새치나 상어와 사투를 벌이는 것만큼 고통스러웠던 외로움을 견딜 수 있었던 것은 소년의 존재 덕분이었다. '그 애가 있었더라면…' 하고 소년을 떠올릴 때마다 노인에게는 소년의 존재 자체가 위안이 되었다. 만신창이가 되어 돌아온 노인을 돌보느라 분주한 소년이 길 위에서 애처롭게 우는 장면에서도 나이를 초월한 우정과 사랑이 느껴졌다. 아직도 배울 게 많다며 얼른 일어나라는 소년의 속 깊은 마음 때문에라도 노인은 몸을 추스르고 또 바다에 나갔을 것이다. 거대한 바다와 눈앞에 존재하는 모든 생명체를 존중하면서도 어부로서 평생 물고기 잡는 일에 충실했던 노인. 패배를 예감하면서도 '이보게 늙은이, 생각일랑 집어치우게. 이대로 항해나 계속하게. 그러다 일이 닥치면 그때 맞서 싸워.'라고 스스로에게 말하는 노인의 말은 나에게도 얼마나 힘이 되었는지!

"난 놈들한테 졌단다. 정말 지고 말았어."라고 한탄하는 노인에게 소년은 이렇게 말한다.

"그놈한테는 지지 않았잖아요. 잡아온 물고기한테는 말이에요."

늘 나에게 먼저 지고 주저앉는 나에게 이 말은 또 얼마나 영향을 끼쳤는지. 노인을 대하는 소년의 모습에서 '잘 사는 삶이란 어떤 삶일까'를 생각해 보았다는 애라 선생님의 질문을 노트에 받아 적고 별표를 쳤다. 은주 선생님은 두 사람 사이에 쌓인 다정하고 친절한 시간들을 읽어 냈고, 평생의 경험에서 우러나온 노인의 지혜를 짚어 냈다. 소년의 말과 행동 속에서 노인이 삶으로 가르친 것이 무엇인지 드러난다.

나이가 들수록 뼛속 깊이 외로워지는 순간이 찾아올지도 모르겠다. 다니는 게 힘겨워지고, 노트북 앞에 앉아 이야기를 나누는 것조차 버거워지더라도 '50대 북클럽'만큼은 포기하고 싶지 않다. 언젠가 모임에서 우리가 60대가 되면 '60대 북클럽'이라고 바꿔야 할까요, 질문을 했다. 모두가 반대! 우리에게 '50대'는 남다른 상징적인 의미가 있어서였다. 50년의 세월을 지나 한자리에 모인 우리는 50대인 우리 모습 자체를 얼마나 좋아했던가!

여러 의무에서 벗어나 나만을 위한 삶에 뛰어들 용기가 생기는 50대. 충분히 잘하고 있으면서도 스스로를 들볶다가 너그러워지는 나이. 내가 나인게 더할 나위 없이 좋아지는 50대. 이리 휘둘리고 저리 꺾이던 나를 더 이상 방치하지 않고 꼿꼿이 중심 잡고 버틸 줄 아는 50대. 남의 말에 휘둘리며 후회하다가 이제는 내면의 소리에 귀 기울이며 소신 있게 사는 50대. 무엇보다 탁월한 안목으로 영혼의 짝을 알아보는 50대. 그래서 50대 북클럽처럼 생각만 해도 든든하고 힘이 나는 동지들을 만나기도 하는 50대만의 매력. 그러니 60대가 되어도 내 안의 50대는 영원히 50대인 걸로 하고 싶다. 70대가 되어도 50대의 저력은 더 깊고 단단해질 거라 믿는다. 80대인 우리는 어떨까? 여전히 '50대 북클럽' 안에서 멋진 언니로, 지혜로운 삶의 멘토로 늙어 가리라.

<노인과 바다>에서 인상 깊었던 구절이 또 하나 있다. 망망대해 위에 떠 있는 노인은 철저히 혼자였으면서도 외롭지 않았다. 그에게는 바다가 있었다. 그리고 소년을 생각하며 버틴다. 벨마 윌리스가 쓴 <두 늙은 여자>에서 부족에게 버림받은 칙디야크도 어두컴컴한 새벽에 홀로 서 있었지만, 별을 보며 마음을 추스르고 삶의 의지를 끌어올린다. '칙디야크'에겐 동료 '사'가 있었다. 내게는 나무가 있다. 나무에 기

대어 살아간다면 웬만한 외로움은 견딜 수 있을 것이다. 그리고 내게는 '50대 북클럽'이 있다. 삶의 어려운 명제가 앞에 놓이면 가장 먼저 상의할 사람들이 있다. 생각만 해도 의지가 되는 존재들이다.

'50대 북클럽'에서 나눈 <노인과 바다> 이야기는 손꼽을 만큼 좋았다. 선생님들의 혜안과 깊은 통찰이 빛났던 밤. 그때만큼 50대인 게 자랑스러웠던 적은 없다.

★ 갱년기 동지들과 같이 **읽으면 좋은 책**

- 어니스트 헤밍웨이 지음, 이인규 옮김, **<노인과 바다>**, 문학동네, 2021.
- 벨마 월리스 지음, 짐 그랜트 그림, 김남주 옮김, **<두 늙은 여자: 알래스카 원주민이 들려주는 생존에 대한 이야기>**, 이봄, 2018.

09 지극히 이기적인 쪽으로 갱신 완료

혓바늘이 돋거나 입안이 허는 건 내 몸의 강력한 항의 표시다. 아, 미안 미안. 요즘 너무 혹사했지. 잘못했어. 그리고 부랴부랴 처박아 두었던 영양제를 꺼내 삼키고, 홍삼진액을 떠먹었다. 며칠은 몸을 사리며 일찍 자고, 삼계탕을 사 먹기도 했다. 갱년기의 몸은 쉬이 달래지지 않았다. 군데군데 혓바늘이 돋은 정도가 아니라 입 전체가 데인 것처럼 화끈거렸다. 양치할 때마다 신음 소리가 절로 날 만큼 쓰라렸다. 매운 건 물론이고 간이 좀 있는 음식을 먹고 나면 입술이 부풀고 얼얼했다. 약국에 달려가 구내염 약과 비타민 B군이 들어간 약을 꼬박꼬박 챙겨 먹고, 자기 전에는 입안에 연고를 발랐다. 정신없는 일정에 두어 주가 지날 때까지 호전이 없었는데도 병원 갈 생각은 안 하고 약만 바꿨다. 한 달이 넘도록 통증은 계속되었지만 처음처럼 괴롭지는 않아 어영부영 지내다가 갱년기 증상 중 하나라는 걸 알게 되었다.

혀, 입술, 구강점막에서 지속적으로 나타나는 화끈거리거나 따가운 증상을 구강작열감증후군 burning mouth syndrome 혹은 설통 glossodynia 이라고 합니다. 전체 성인의 약 1~3%에서 발생하는 것으로 알려져 있으며, 남자보다 여자에게 압도적으로 많이 발생하며, 특히 폐경 이후의 여성에게서 가장 많이 발생한다는 점이 특징입니다.

구강작열감증후군의 정확한 원인은 아직 밝혀지지 않았지만, 몇 가지 국소적 요인과 전신적 요인이 이러한 증상의 발생과 어떤 연관이 있을 것으로 추정됩니다. 국소적 요인으로는 치아의 마찰에 의한 구강점막조직의 물리적 자극, 캔디다증 등이 있으며, 전신적 요인으로는 당뇨병, 영양 결핍(철, 엽산, 비타민 B12, 비타민 B6, 아연), 구강건조증, 항고혈압제, 심리적 요인 등이 있습니다. 그러나 이러한 요인들이 구체적으로 어떻게 작용하여 구강작열감증후군의 증상을 나타내는지는 아직까지 구체적으로 밝혀지지 않았습니다.

- 질병관리청, 국가건강정보포털

생명에는 지장이 없지만 삶의 질을 떨어뜨리는 증상들. 딱히 치료법이 없다는 말을 듣는 순간부터 쪼그라드는 마음은 몸속 세포가 건조해지며 나타나는 불편함보다 훨씬 심각한 문제로 다가온다. 쉼보르스카 시인이 태어나 하루도 쉬지 않고 일하는 심장에 대해 쓴 시 일요일에 심장에게를 읽고 말 그대로 심장이 쿵 떨어질 뻔했다. 심장이 딴마음 먹으면 바로 끝이구나! 그럼에도 한 번도 고맙다는 인사 한 번 안 하고 살았다니. 요가를 하며 구석구석 인지하지도 못했던 근육들의 존재에 놀라는 것도 다반사. 구강작열감증후군은 어떤 계기가 있어야만 비로소 존재 가치를 깨닫는 나를 향한 따끔한 경고였을까? 하루 종일 느껴지는 입안의 미세한 통증은 그동안 참고 참다가 단단히 뿔이 난 몸에게 받는 벌 같았다.

마음이 화르륵 타는 듯한 통증에는 예민했어도 잇몸이 붓거나 허리 아래가 시큰거리는 것 정도는 대수롭지 않게 여겼다. 그러다 임플란트 세 개와 허리 치료에 수백을 날렸고! 소변볼 때 쓰라림과 잔뇨감이 느껴져도 '병원은 무슨, 며칠 쉬면 돼.' 하면서 아무런 조치를 취하지 않았던 내가 후회스럽다. 비상 신호를 모른 척하거나 무심히 지나칠 때마다 몸은 얼마나 답답하고 야속했을까. 염증이 더 번지지 않게 애를 쓰고, 부족한 영양소를 여기저기서 끌어다 쓰고, 균형을 맞추기 위해 안간힘을 쓰다가 에잇, 혼 좀 나봐라 하며 드러눕게 만든 건지도. 덕분에 나는 강제 휴식을 취하며 뒤늦게 몸에게 미안해했다.

갱년기를 지나며 겪는 몸의 통증은 더 자주 찾아올지 모르겠다. 낯설고 불편한 느낌에 때로 짜증이 날 수도 있고, 잘 낫지 않아 한없이 우울해질 수도 있다. 그럴 때 난 몸에게 싹싹 비는 쪽을 택하겠다. 우선 정식으로 사과부터 하는 거다. 마음 돌봄에 골몰하느라 몸에게는 소홀했던 나. 이제라도 몸에게 잘 보여야 한다. 마음이 아파 몸도 따라 아프지만, 몸이 아프면 마음은 더 쉽게 무너진다. 갱년기는 몸부터 챙겨야 한다. 최대한 몸을 아껴줘야 한다. 그래야 마음도 거든다.

구강작열감증후군. 생경한 이 용어를 한참 노려보다가 내 방식으로 소화기를 준비해 본다. 카페인을 줄이라니 맛있는 디카페인 커피가 있는 카페를 찾아봐야겠다. 비타민 B군 영양제를 주문했으니 이번에는 정말 꼬박꼬박 챙겨 먹으리. 자극이 덜한 치약을 찾아보고, 뜨거운 음식을 더 조심하고, 물병 챙기는 데 늘 실패하는 나를 어떻게든 뜯어고쳐야겠다.

갱년기를 우울해하지 말 것. 모든 것을 나를 위한 쪽으로 전환할 기회로 삼을 것. 오늘도 정신 갱신 완료.

★ 갱년기의 몸에 대해 궁금할 때 **참고할 사이트**

- 질병관리청(https://www.kdca.go.kr)과 국가건강정보포털(https://health.kdca.go.kr)에서 '갱년기' 또는 '폐경기'로 검색

10 자신만만하다
큰코다친 이야기

간헐적 단식을 시작한 지 반년 정도 되자 몸의 변화가 느껴졌다. 일주일에 세 번 빠지지 않고 요가 수업을 받은 것도 한몫했다. 하루 종일 바쁘게 움직여도 피로감이 덜했다. 엉덩이와 허벅지, 팔뚝에서 출렁거리던 살이 제법 단단해졌다.

"여보! 여기 좀 봐! 나 알통 생겼어!"

쓱 만져 보더니 이게 무슨 알통이야, 웃는 남편을 흘겨보며 주먹을 불끈 쥐고 팔을 굽혀 힘을 줘 보곤 했다. 오, 이제 나도 근육이라는 게 생긴 건가? 신이 났다.

갱년기를 의식하게 된 계기가 일자 허리, 일자 목 때문에 생긴 전방위 통증이었던지라, 2년 동안 참 열심히 운동을 했더랬다. 다양한 요가 동작에 능숙해지고 제법 활력이 넘치던 2024년 상반기를 보내고 6월의 마지막 강의를 마친 다음 날이었다. 한 달 내내 바쁘고 고단한 일정이긴 했지만 몸에 무리가 느껴지진 않았다. 토요일 아침, 식구들이 다 잠들어 있는 이른 아침부터 무슨 바람이 불었는지 다림질을 시작했다. 옷장에서 꺼낸 여름옷들을 산더미처럼 쌓아 놓고 다렸다. 그 다음 화장대 서랍 세 개를 다 빼서 바닥에 늘어 놓고 정리하기 시작했다. 구부려 앉아 일한 지 두 시간이 훌쩍 넘었을 무렵 일어서는데 아차차, 허리에 찌르르 신호가 왔다. 예감이 좋지 않아 조심조심 스트레칭을 하고, 점심 준비를 시작했다. 얼추 상만 차리면 되게끔 해 놓고 잠시 누웠다가 부엌으로 이동하려는 순간, 뿔난 허리가 비명을 질렀다.

몸의 반란은 무섭다. 침대에서 내려오기 위해 어기적어기적, 식탁으로 가는 동안 으악 으악, 화장실에서 앉고 설 때마다 쩔쩔매며 식은땀 흘리고, 냉장고 문 여는 데도 몸을 움찔. 깨갱, 잘못했어요. 자연스럽게 움직이는 걸 당연한 듯 여기다가 꼼짝도 못하는 신세가 되고 나서야 얼마나 귀한 몸인지 깨닫게 된다.

가끔 이렇게 아파야 식구들이 해 주는 밥을 먹고, 몇 달 치 밀린 잠을 자는 호사를 누리는 건가. 서글프면서도 속으로는 기회는 이때다 맘껏 쉬자 쾌재를 불렀다. 그런 속내를 눈치챈 것인가. 남편이 저녁을 차려 주며 같이 아프면 큰일 나겠다며 번갈아 아프자고 한다. 이제 60대에 가까워진 남편의 나이를 새삼 의식하며 더럭 겁이 나기도 했다.

혼자 운전해서 병원에 가다가 더 악화될까 두려워 꼼짝없이 침대에 누워 지냈다. 4일째 되던 날은 불현듯 우울감이 덮쳐 마음을 짓누르기 시작했다. 그날 아침 뉴스에는 시청 앞에서 벌어진 대형 교통사고로 아홉 명이 목숨을 잃었다는 기사가 올라와 있었다. 얼마 전 31명의 사상자를 낸 화성 아리셀 화재 사건의 충격이 채 가시기도 전에 접한 비보였다. 남겨진 가족들과 동료, 이웃들의 심정을 헤아려 보기도 전에 눈물이 쏟아졌다. 세상이 왜 이럴까.

아무것도 할 수 없을 것 같을 땐 무엇이 나를 일으켜 세울 수 있을까? 뭐부터 해야 할지 모를 땐 어떤 것부터 시작해야 할까? 아무리 조심해도 원치 않는 일에 맞닥뜨렸을 땐 무엇이 체념과 포기를 넘어서게 할 수 있을까? 불안과 공포, 극심한 슬픈 소식에 마음이 무너져 내릴 때마다 어디에 의지하여 살아가야 할까? 적절한 시점에 책모임 '선향'에서 <노인과 바다>를 다시 읽어 다행이었다. 눈앞에 놓인 것, 지금 내가 할 수 있는 일, 지금껏 해왔던 일, 앞으로도 해 나갈 일들을 그저 오늘도 묵묵히 해 보기. 처음 겪는 난관은 지난날의 경험에 비추어 갖은 방법을 써 보며 최선을 다해 해결해 나갈 것. 앞으로 다가올 어려움은 지레 겁먹거나 회피하지 말고 일단 나를 믿어 볼 것. 닥치면 시행착오를 통해 얻은 지혜와 축적해 온 요령으로 잘 헤쳐 나갈 것이라고 스스로를 격려할 것.

허리가 아프면 읽을 수도 쓸 수도 없다. 일주일 넘게 침대에 누워 수없이 마음으로 썼던 문장들 중 겨우 몇 마디를 적는 동안 허리는 또 뻐근. 그럼에도 <노인과 바다>의 노인처럼, 앙상하게 뼈만 남은 결과 앞에서도 남들에게는 보이지 않는 자신만의 눈부신 성취로 자부심을 잃지 않고 살아갈 수 있기를. 오직 사랑으로.

소년은 노인을 사랑했다, 절절한 문장을 끌어안고 오늘도 사랑할 준비를 한다. 우선 나의 연약한 허리부터.

11 '안 괜찮아'라고 말하는 갱년기의 용기

수시로 괜찮지 않은 일이 생긴다. 나름 괜찮은 일상이라 여기며 방심하는 찰나 철퍼덕 마음이 넘어지는 일은 피할 수 없다. SNS에서 스쳐가는 사진 한 장에 한없이 마음이 가라앉은 날이 있었다. 마침 책상에 막 배달된 책, <슬픔에 이름 붙이기>가 눈에 들어왔다.

어떤 감정은 설명할 길이 없어 슬프고, 자초지종을 이야기하자면 아득해서 더 슬펐다. 그런 슬픔에 이름을 붙이면 혼란스러운 마음이 정돈되리라는 걸 글쓰기를 통해 배웠다.

언어에서는 모든 게 가능하다. 즉 번역 불가능한 감정은 존재하지 않는다는 뜻이다. 정의하지 못할 만큼 모호한 슬픔은 없다. 우리는 그저 그 일을 하기만 하면 된다.

- <슬픔에 이름 붙이기>, 17쪽

갱년기를 지나는 이들이 겪는 고통 중 가장 힘든 건 뭘까? 아마도 복잡하면서 변화무쌍한 감정이 아닐까? 갱년기가 아니어도 마음 관리가 제일 힘들었던 나는 갱년기라는 특수 상황이 불러일으키는 감정을 '우울감'이라는 단어 하나에 욱여넣고는 모든 게 갱년기 탓이라고 덤터기를 씌웠는지도 모르겠다. 화가 난 거라 여겼는데 사실은 슬퍼서였고, 서운한 감정 밑바닥엔 슬픔이 일렁였고, 씁쓸한 상황 뒤끝은 늘 눈물 바람. 모든 게 '기승전 슬픔'이라고 농담처럼 말하곤 했다.

<응답하라 1988>을 다시 몰아보기 했던 2024년 봄의 일이다. 본방송을 했던 2015년에는 44세. 그때는 갱년기가 먼 일이라고 생각했을까? 갱년기로 고생하는 장면이 남의 얘기로만 여겨졌는데, 십여 년이 지난 지금은 딱 내 얘기였다. 배우 라미란이 갱년기에 접어들어 불면증에 시달리는 장면에 웃음이 터지면서도 왠지 모를 불편함을 느끼던 찰나, 대사 한마디에 눈물을 쏟을 뻔했다.

"나, 안 괜찮아."

겉으로는 괜찮은 척하느라 마음이 곪는 줄도 모르고 끙끙 아파하던 날들이 주르륵 스쳐 지나갔다. 교회 도서실에서 봉사를 하던 시절, 이런 말을 한 이가 있었다.

"입은 웃고 있는데, 눈은 웃고 있질 않네요?"

"괜찮아요, 됐습니다, 곧 나아지겠지요, 아무렇지도 않으니 신경 쓰지 마셔요, 제가 하면 되지요…" 따위의 말을 입에 달고 살던 시절이었다.

"나, 안 괜찮아."라는 말에 툭, 터져 나오는 말들. 어딘가에 갇혀 있다가 우르르 쏟아진 말은 이랬다.

"안 괜찮거든요, 되긴 뭐가 돼요, 금방 나아지긴요, 아마오래 끌탕하느라 진이 빠질 겁니다, 아무렇고 말고요, 제발신경 좀 써 주시죠, 당신 일은 당신이 좀 하세요…"

갱년기는 용기 내야 마땅하다. 안 괜찮은 건 더 이상 괜찮은 척하지 말아야 한다. 그래야 괜찮아진다. 아프다고 소리지르고, 도움을 청하고, 협조를 구해야 한다. 더는 자신의 감정을 파묻지 말고 캐내야 한다. 그게 시작이다.

안 괜찮았던 어느 날의 오후, 내 감정은 슬픔에 닿아 있었던 것 같다. 그 슬픔에 이름을 붙여 주고 싶다. '마음의 혼란을 언어의 질서로 꿰매는 감정 사전'이라는 부제에 걸맞게 그날 오후 내 앞에는 비비언 고닉의 문장들이 실과 바늘이되어 내 앞에 놓여 있었다.

문학작품에는 일관성을 갈구하는 열망과 어설프고 미숙

한 것들에 형태를 부여하려는 비상한 시도가 각인되어 있어, 우리는 거기서 평화와 흥분, 안온과 위로를 얻는다. 무엇보다 독서는 머릿속 가득한 혼돈으로부터 우리를 구원하며 순수하고 온전한 **안식**을 허한다. 이따금, 책 읽기만이 내게 살아갈 용기를 준다는 생각이 든다. 아주 어린 시절부터 그랬다.

- <끝나지 않은 일>, 10쪽

이 책은 다시 읽기를 통해 자신을 제대로 읽는 여정을 다룬다. 갱년기의 언어는 날마다 갱신된다. 이토록 멋진 50대라니. 쪼그라졌던 마음이 다시 도약한다. 나의 슬픔은 '새로운 도약의 자양분'이라 이름 붙여 주련다.

★ 안 괜찮은 날 **읽으면 좋은 책**

- 존 케닉 지음, 황유원 옮김, **<슬픔에 이름 붙이기: 마음의 혼란을 언어의 질서로 꿰매는 감정 사전>**, 윌북, 2024.
- 비비언 고닉 지음, 김선형 옮김, **<끝나지 않은 일>**, 글항아리, 2024.

12 언니는 나이 드는 게 정말 기대돼요?

대부분의 모임에서 몸에 관한 이야기는 빠지지 않는다. 특히 나이의 앞 자릿수가 바뀌는 일은 인생의 중대한 일이므로 온갖 경험담이 쏟아지고, 겁을 주는 일이 다반사다. 20대 끝자락에는 '서른, 잔치는 끝났다'라는 시집 제목에 반감을 품었다. 20대의 관점에서 서른이라는 나이는 분명 달갑지는 않았으나 무언가 의기소침하게 만드는 분위기로 몰아가던 사회적 분위기에 반항하고 싶었다. 40대를 코앞에 두었을 때도 여자로서의 삶이 끝장난 것처럼 몰고 가는 분위기가 못마땅했고, 가부장적 언어에 불편함을 느끼던 시기라 폐경이니 갱년기니 온통 부정적인 어감이 드는 단어들을 받아들이는 게 쉽지 않았다. 기특하게도 서른아홉 한 해 동안 여러 번 다짐한 게 있다. 여자 나이 마흔, 이제 한물간 나이라는 사회적 암묵 따위에 동의하지 않겠다는 것. "흥, 나는 마흔 축하 파티를 할 테다!"라고 수시로 지인들에게 얘기했다.

40대는 제2의 사춘기다. 고된 육아와 살림을 감당하며 살다가 정신 차리고 돌아보는 시기, 비로소 '나'를 되찾겠다는 열망에 휩싸이는 시기다. 뒤늦게 온전히 자신에게만 집중할 수 있는 기회가 찾아오는 때다. 그러니 40대는 여자 인생에서 가장 눈부신 시기, 마음껏 자신을 피워 내야 할 시기라 믿는다. 50대의 눈으로 보는 30대는 마냥 아기 같고 애틋해서 짠한 마음으로 바라보게 된다. 결혼을 했든 안 했든 자신을 건사하며 많은 역할을 감내하며 살아야 하는 고단한 시절을 나 또한 지나왔으므로 무조건 응원하고 싶다. 40대는 부럽기 그지없다. 요즘 주위를 둘러보면 무얼 하든 자신을 챙길 줄 알고, 원하는 삶을 향해 열심히 배우고 용감하게 시도하며 멋지게 사는 40대 여성들이 넘쳐 난다. 무한한 가능성을 지닌 40대의 열정과 실행력에 감탄하곤 한다.

막 마흔이 된 후배 선영이 내게 물었다.

"언니, 언니! 저는 요즘 안 하던 운동을 해서 발바닥도 아프고, 비실비실 소화도 안 되고, 체력도 달려 초저녁 잠이 생겼어요. 월경 예정일 2주 전부터는 밤잠까지 설치며 배란통에 시달려요. 흰머리가 늘어나고, 말하려고 하는 단어가 생각나지 않아 스무고개 놀이를 할 때가 많다니까요! 언니, 제가 이런 말을 하면 사람들은 이렇게 말해요. 나이 들어서 그래, 늙어서 그래, 마흔 살이라서 그래… 저 아직 서른아홉인 데요? 발끈해서 받아치면 곧 마흔 살이니 몸이 준비하는 거라는 대답이 돌아왔어요. 근데 언니, 저는 올해 진짜 마흔 살이 됐잖아요. 이런 생각이 문득 들었어요. '화정 언니는 40대 후반에 50대가 기대된다고 했는데, 30대 후반에도 40대가 기대되었나? 궁금하네!!!' 언니, 언니는 정말 나이 드는 게 기대돼요?"

멋진 답을 해 주고 싶었지만 신중해야 했다. 보름 넘게 품고 있던 질문에 마땅한 답을 찾은 건 <완경 선언>을 읽다 발견한 이 구절 덕분이다.

나는 완경이나 노화와 관련된 어떠한 것 때문에 괴로울 때마다, 완경을 한 여성들이 없었다면 우리의 세계가 현재와 완전히 달라졌을 것이고 인간의 수명이 지금보다 훨씬 더 짧았을 가능성이 높다는 사실을 스스로 상기한다. 또한 완경이 약함의 표시가 아니라는 사실을 상기한다. 오히려, 완경은 강함의 증거다.

- <완경 선언>, 94쪽

의사들을 포함한 많은 이들이 완경의 '난소 기능 상실'이라는 측면을 부각하며 잘못된 관점으로 접근할 때, 제니퍼 건터는 완경이 인간의 진화에서 본질적인 역할을 수행한다는 사실을 상기시킨다. 하드자 부족의 할머니들은 식량을 채집하거나 육아를 돕는 등 손주들의 생존을 유리하게 만들었다는 예를 들기도 한다. 인간과 가까운 종인 침팬지가 인간과 거의 비슷한 시기에 배란을 멈추면 곧 죽는 것과 달리 여성이 난소 기능이 끝난 이후까지 살도록 진화한 이유는 완경이 인간 사회에 이득을 주기 때문이라고 설명한다. 그런 논의 뒤에 저자는 우리의 질문 방식을 바꿀 필요가 있다고 역설한다. 왜 난소 기능과 생식력이 50세경에 중단되는지가 아니라 '여성이 어떻게 자신의 생식력이 끝난 이후까지 살 정도로 신체적으로 성공했는지'를 물어야 하며, '완경은 강함의 증거'라고 힘 있게 말한다. 완경기, 혹은 50대의 여성으로서의 삶의 질은 저하될 수밖에 없고, 이제는 많은 가능성을 포기하면서 그저 조용히 아픈 몸이나 돌보며 살아야 하는 게 순리라는 식의 사회적 암묵에 동의할 것인가? 나부터도 그런 화법에 길들어 있진 않은지 고민하며 내가 보여줄 수 있는 완경의 강점은 무엇일까 찾아보았다.

나는 선영에게 다른 대답을 들려주고 싶었다. 50대의 몸에서는 줄줄이 나열한 걱정보다 훨씬 더 크고 심각한 증상이 나타나기도 한다. 하지만 의외로 강해지는 부분도 많다고 안심시키고 싶었다. 나이 탓에 약해지고 잃은 것도 많지만, 나이 덕에 강해졌고 새로 얻은 것들. 누구보다 나에게 필요한 말을 적어 보았다. 나는 완경기를 지나는 중이다. 내가 전보다 강해진 부분은 이런 점이다.

1. 이기심이 강해졌다

- 남에게 최선을 다하던 삶에서 나에게 최선을 다하는 삶으로 바뀌어 비로소 행복해졌다.

2. 유연성이 강해졌다

- 웬만한 자극에 파르르 반응하지 않고, 질투심을 유발하는 수많은 자극에도 유연하게 대처할 수 있다.

3. 회복력이 강해졌다

- 좌절감에 시달릴 때마다 다시 일어서는 다양한 매뉴얼을 갖추고 있다.

4. 대처력이 강해졌다

- 무기력증이 수시로 찾아오지만, 그때마다 눈앞의 것을 붙들고 최선을 다해 탈출할 수 있다.

5. 감응력이 강해졌다

- 깊고 뜨겁게 감응하는 동안 덩달아 사랑하는 능력이 강해졌다. 세상은 온통 소중하고 고마운 것들로 가득하다.

선영에게 질문을 받은 뒤 2년이라는 시간이 지났다.

· · · · · ·

선영아, 나이 드는 걸 기대한다고 예전처럼 신나게 말하긴 힘들 거 같아. 언니는 요즘 몸이 자주 아프거든. 잘 낫지 않아 의기소침한 내 모습을 너그럽게 대하고 살살 달래면서 하루하루 의연하게 살려고 노력하고 있어. 과연 60대의 나를 기대할 수 있을까? 지금은 잘 모르겠어. 하지만 열심히 찾아보는 중이야. 60대의 나에게 부탁하고 싶어. 기대하기를 멈추지 말아달라고 말이야. 나는 '우리'라는 말에 기대를 걸어 볼까 해. 같이 나이 들어가며 의지할 수 있는 우리. 수많은 우리들. 이건 충분히 기대할 만하니까.

50대의 너를 기대하라는 거창한 말 대신 중요한 얘기를 먼저 해 줄게. 현재의 너를 충분히 아끼고 사랑해 주렴. 찰나의 기쁨, 순간적으로 스치는 보람, 작은 노력들의 가치를 소중히 생각하며 부지런히 쟁여 둬. 어제보다 스쿼트를 한 번 더 하고, 1분 더 달리고, 사랑한다고 고맙다고 한 번 더 얘기해 주고, 한 줄이라도 더 기록하며 살아. 그 작은 한 번들이 모여 너의 50대를 든든하게 지탱할 거야. 일상의 반짝이는 것들을 부지런히 모아 보자.

너의 눈부신 40대가 기대된다. 나도 빛나는 50대가 되도록 노력해 볼게. 나는 나를 기대해 볼까 해! 답이 되었을까?

· · · · · · ·

2년 사이 몸의 통증은 더 다양해졌다. 마음은 얼었다 녹았다 한다. 일감은 들쭉날쭉 겨우 이어지는 정도다. 의지나 긍정적인 마인드만으로 버티기엔 삶이 너무 무겁다. 예측 불가능한 내일이 두렵다. 변하지 않은 건, 더 나은 나를 기대하며 멈추지 않고 나아가는 내가 그대로 여기 있다는 것이다. 솔직히 이제 나이 드는 게 반갑지 않다. 그럼에도 굳건히 지키고 싶은 게 있다. 나이 들어가는 나를 환대하겠다는 결심. 나약해지는 몸만큼 그 몸을 추스르는 마음을 강하게 먹겠다는 다짐.

★ 갱년기의 언어를 점검하고, 몸에 대한 지식을 쌓기 위해 읽을 책

• 제니퍼 건터 지음, 김희정, 안진희, 정승연, 염지선 옮김, <완경 선언: 팩트와 페미니즘을 무기로 내 몸과 마음을 지키는 방법>, 생각의 힘, 2022.

13 갱년기 다이어트,
       정작 빼야 할 것들의 목록

    다이어트를 하겠다고 저녁 8시면 나가 걷기 시작했다. 주택과 빌라들이 밀집한 우리 동네는 해가 지면 인적이 드물다. 어쩌다 외식을 한 후 동네 한 바퀴 산책을 하는 정도였는데, 늦은 저녁 다양한 경로로 걷다 보니 그냥 지나치던 풍경이 새로운 의미로 다가오기 시작했다. 그동안 미처 생각하지 못했던 것들이 많아 수시로 걸음을 멈추고 사진을 찍거나 휴대폰 메모 앱을 켜고 기록하기 시작했다. 9시가 되어가는 시각, 대형 세탁편의점에서 분주히 일을 하는 내 또래의 여자를 보며 '저녁 있는 삶'이라는 문구가 생각났다. 그이에게는 '운동할 시간이 있는 저녁'이 절실히 필요하겠구나 싶었다. 옆 건물 돈가스집에서는 아들 또래의 청년이 간이 의자를 차곡차곡 쌓아 놓고 청소하는 모습이 보였다. 저렴하고 푸짐해 가끔 들러 먹던 콩나물국밥집이 고깃집으로 바뀐 것도 뒤늦게 알아챘다. 주인이 돈을 많이 벌어 업종을 바꾼 것 같아 보이지는 않아 마음이 착잡했다. 살을 빼러 나간 길인데 주섬 주섬 글감 모으느라 바빴다. 다들 원하는 걸 차곡차곡 얻으며 살고 있을까? 느닷없이 떠오른 제목이 있었다.

플러스(+)를 향해 가는 삶,
마이너스(−)를 위해 애쓰는 삶.

늘리고 싶은 것들

넓은 서재 = 지금보다 넓은 집, 올라타기 쉬운 SUV, 책 책 책, 소재 좋은 옷 캐시미어 같은, 노트북 가방, 고풍스러운 노트, 신박한 필기구, 좋은 인맥, 여행한 나라 목록⋯

자꾸 늘어나는 것

옆구리 군살, 밥만 먹으면 대책 없이 부풀어 오르는 뱃살, 조금만 고개를 숙이면 이중삼중이 되는 턱살, 아, 그만 쓰자. 책 책 책, 화분, 약봉투, 건강보조식품, 신지도 않으면서 버리지 못하는 신발들, 책상 위 잡동사니, 다시 펼쳐 보지 않는 자료들, 욕심껏 집어 온 공짜 엽서들, 그리고 체중⋯

자꾸 빠져나가는 것

통장 잔액, 몸의 수분, 뼈의 밀도, 아는 사이지만 관계는 쌓이지 않는 사람들의 이름, 읽은 책의 내용, 기억력⋯

늘리고 싶지만 꿈쩍 않는 것

책 리뷰, 책 읽을 시간, 근육량, 탄력, 마음의 여유…

정작 내가 빼고 싶은 건 삶의 군더더기라는 생각이 들었다. 그중에서도 쓸데없이 몸에 덧붙은 것들. 미용을 위한 다이어트가 갱년기엔 사치로 느껴진다. 아무리 노력해도 갱년기 살은 잘 빠지지 않는다. 이름도 외우기 힘든 다양한 호르몬들이 몸을 위해 얼마나 열심히 일했는지 없어지고 나서야 알아채다니. 콜레스테롤을 조절해 주고, 뼈의 밀도를 관리해 주고, 관절의 윤활유 역할을 할 뿐 아니라 세포의 수분도 적절히 유지해 주던 호르몬들이 저희들도 힘들어서 은퇴하겠다는데 별 수 있나. 뒤늦게 허겁지겁 부족한 수분 채우랴, 숭숭 구멍나는 뼈 사이 메우랴, 자꾸 들러붙는 지방들 쫓아내랴, 어휴 바쁘고 힘들어라. 저절로 균형을 잡으며 살아가던 몸이 기우뚱 삐걱댈 때, 화만 내고 있거나 울고만 있으면 되겠나 싶었다. 통증을 줄이기 위해서는 염증을 없애야 하고, 염증을 없애려면 약물 치료가 필요한지 식습관을 바꿔야 할지 운동을 제대로 해야 할지 공부하고 알아보고 실행해 봐야 한다. 사람마다 다르겠지만, 공통적으로 권하는 해결책은 규칙적인 운동.

무심코 올라선 체중계에 임신했을 때와 같은 숫자가 찍힌 걸 보고, 홀린 듯이 검색에 돌입했던 날이 잊히지 않는다. 일명 빨간물 다이어트 제품을 사고, 효소를 주문하고, 운동 기구를 검색했던 날들. 공원에 설치된 운동 기구에서 땀 뻘뻘 흘리며 바퀴를 돌리던 밤도. 갱년기 이전의 다이어트는 남들 의식하며 예쁘게 보이고 싶어서 기를 쓰고 살을 뺀 거라면, 갱년기 다이어트는 생존을 위한 다이어트라 할 만하다. 예전에는 풀이며 새며 마주치는 온갖 것에 참견하며 쉬엄쉬엄 하던 산책도 이제는 운동이 되도록 애쓴다. '퇴행성 관절염' 증상을 개선할 수 있는 방법 중 하나가 '땀이 날 정도로 빠르게 걷기'라는 유튜브 영상을 봤기 때문이다. 스마트 워치에 심박수 이상 알람이 자주 뜨고, 자다가 자주 깨고, 기분이 오르락내리락하고, 관절염 증상이 심해지는 게 모두 심장 염증 때문일 수 있다니, 무서워라. 그러니 이제는 심장의 만성 염증을 줄이기 위해서라도 '어슬렁어슬렁 산책'이 아니라 '헉헉 산책'을 하는 걸로.

날씬해지고 싶다는 욕망이 아주 없다고는 하지 않겠다. 이제 나에게 다이어트는 '체중을 줄이거나 건강의 증진을 위하여 제한된 식사를 하는 것'이라는 단어 본래의 뜻을 넘어선 지 오래다. 갱년기 다이어트는 건강을 위협하는 온갖 나쁜 것들을 줄이고 제한하는 일이다. 마음에 덕지덕지 쌓여 우울감과 무력감을 늘리는 부정적인 생각부터 다이어트해야 한다. 이전과는 다른 방식으로 접근해야 하는 갱년기 다이어트. 이제는 나를 존중하며 지키기 위한 생존의 문제다. 그러니 지금부터 빼야 할 것들의 목록부터 작성해 보시길.

14 '마음은 늙지 않는다'는 말을 수정하며

오사다 히로시의 시 '나무의 전기'를 읽다가 '늙는다는 건 받아들이는 것이다.'라는 문구에 밑줄을 그었다.

아름다움이 전부는 아니었다.

덧없음을 알고, 애처로움을

느끼고, 늙어감을 배웠다.

늙는다는 건 받아들이는 것이다.

따뜻한 것은 따뜻하다고 말해라.

하늘은 푸르다고 말해라.

- <세상은 아름답다고>, 141쪽

이글거리는 날들 뒤에 찾아온 비가 반가웠다. 빗소리를 들으며 잠시 누워 있다가 긴 낮잠을 자고 일어났다. 휴일의 낮잠도 사치라 여길 만큼 할 일이 쌓여 있었지만, 마음은 안 따라 주고 일이 손에 잡히지 않는 며칠을 보냈다. 눈에 보이는 노화의 흔적들은 어찌할 수 없어도 마음만큼은 늙지 않을 거라 여겼는데, 그런 마음이 쪼그라들고 생기가 없어지니 비로소 나이 듦을 실감했다.

의지대로 할 수 없는 것들이 있다. 이미 태어난 이상 바꿀 수 없는 것, 이미 주어진 환경, 이미 선택한 일. 그 사이에서 내 의지대로 해 나갈 수 있는 일, 열심히 노력하면 그나마 바꿀 수 있는 것, 조금 더 애쓰면 얻을 수 있는 것들에 매진하며 살았다. '열심히 사는 사람'이라는 말을 들어서 정말 그런 사람이 되려고 의지를 불태운 것도 같다.

장마가 지나고 후덥지근한 여름 저녁, 운동하러 나갈 엄두가 나지 않았다. 어떤 날은 홈트레이닝 영상을 따라 해 보았다. 그래도 운동을 했으니 다행이라는 생각은 들었지만, 밖에서 걸을 때 생기는 에너지는 얻을 수 없었다. 다음 날은 더 더웠다. 운동을 포기했다. 열흘 전까지만 해도 의기충천했던 내가 한없이 의기소침한 상태로 웅크리고 있었다.

살다 보면 내 마음대로 되지 않는 일이 많지만, 그중에 가장 어찌할 수 없는 게 인간관계다. 다른 사람이 내 맘 같지 않다는 말은 새삼스러울 것도 없다. 각각 다른 상식의 기준이 있고, 사람을 대하는 방식이 다르고, 관계를 시작하고 맺는 모양도 제각각이다. 많은 사람들을 만나는 일을 하는 나는 정말 다양한 관계 속에서 배우고 깨지고 성장하고 넘치는 애정을 받았다. 이제는 어떤 상황에서도 유연하게 대처하는 마음의 여유도 생겼다. 무엇보다 강해졌다. 쉽게 상처받거나 흔들리지 않을 거라 믿었다. 물론, 착각이었다.

어쩌면 사소해 보이는 것, 생각해 보면 중요하지 않은 것, 충분히 그럴 수 있다고 생각한 것들을 무심히 넘기며 살아왔다. 그런데 사실은 중요하게 짚고 넘어가야 할 일이고, 생각해 보니 심각한 것이었고, 아무리 생각해도 그럴 수 없는 일이라는 걸 깨닫게 됐다. 시간이 흐를수록 자꾸만 나를 괴롭혔다. 보이지 않는 돌덩이가 되어 나를 짓누르고 있었다는 걸 알게 되었다. 지금껏 읽은 좋은 책들이 가르쳐 준 대로 나를 추스르고, 존중하고 아껴주는 사람들을 생각하며 힘을 내고, 스스로 비축해 두었던 자존감으로 나를 일으켜 세울 수 있을 거라고 여전히 믿고 있다. 하지만 지금 내가 겸허히 인정하며 받아들이는 사실은 이전과는 좀 다른 것이다. 마음도 나이 든다는 것, 마음도 마음대로 안 되는 것이 많아진다는 것이다.

알게 모르게 흩어져 있던 감정의 파편들이 조금씩 덩어리를 이루다가 결정적인 한 조각이 와 박히면서 실체가 드러나기도 한다. 자다가 벌떡 일어나 분하고 억울해서, 아깝고 얄밉고 어이없어서 하얗게 밤을 지샐 때가 있었다. 이러지도 저러지도 못하고 끙끙 마음앓이를 하는 새벽. 마음대로 안 되는 마음과 잠을 못 자 뿔이 난 몸의 불화. 차라리 몸을 일으켜 책을 읽거나 글을 쓰는 사이 알게 되었다. 정확한 단어로 그 감정을 적는 순간 조금은 괜찮아진다는 걸. 나의 쪼잔함과 옹졸함을 감추려 한 건 아닌지, 나를 정당화하고자 꼬투리를 잡는 건 아닌지, 자초지종도 모르면서 소설을 쓰고 있는 것은 아닌지, 날것의 감정에 찔리고 당혹스럽더라도 피하지 말고 뚫고 나가야 한다.

나이 오십이 되면서 할 말은 하는 사람이 되고 싶었다. 대신 정확하게 표현하고, 품위 있게 전하는 사람이 되는 게 목표다. 나는 줄 마음이 없는데 당연히 받아도 된다는 듯 요구하는 사람에게 정중히 거절하는 내용과 왜 거저 줄 수 없는지 차근차근 이유를 적어 가던 밤이 생각난다. 여러 번 읽으며 납득하지 못할 내용이 있나 살펴보고 문자를 보냈다. 답이 없었지만 마음이 상하진 않았다. 속으로 고민하는 것보다 훨씬 나았다. 한 달이 조금 지난 뒤 사과 문자를 받았다. 어느 날엔 회비를 돌려받지 못한 일에 대해 작정하고 글을 썼다. 2년 가까이 마음의 끌탕을 치던 일이었다. 내겐 제법 큰 금액이었고, 당연히 돌려받을 줄 알았던 돈이라 아까워서 꽤 자주 속을 끓였다. 회칙도, 기준도, 어떤 언급도 없는 것 자체에 문제 제기를 했다. 그동안 느끼고 생각한 것들을 차분히 적어 내려가는 동안 감정이 환기되고, 문제를 바라보는 관점이 바뀌었다. 나도 모임을 운영하는 사람으로서 놓치고 있는 건 없는지 세심하게 점검하고 보완하는 계기가 되었다. 며칠 동안 문자 내용을 점검했다. 입장을 바꿔 놓고 생각해 본다면 달가운 이야기는 아니었기에 최대한 예의를 갖추고, 필요한 논의로 받아들여지기를 바라는 마음으로 썼다. 20일 넘게 답을 못 받으면서 또 마음고생을 했지만, 결국 후회하지 않을 결과를 얻었다. 회비 일부를 돌려받은 것보다 기쁜 건, 껄끄러운 문제를 건강한 논의로 끌어올려 의사소통을 제대로 했다는 것.

　요즘 나는 불편한 문제가 생기면 며칠에 걸쳐 대본을 쓰듯 할 말을 공들여 작성한다. 용기 내어 전송 버튼을 누르거나 망설이다 대화를 청한 일들이 대부분 잘 해결되었다. 정확한 사람. 요즘 내가 추구하는 자아상이다. 할 말을 똑 부러지게 하는 것보다 아무도 다치지 않는 화법으로 이야기하는 걸 목표로 한다. 쉬운 일은 아니다.

생애 주기 중 갱년기는 여러모로 중요하다. 신체적으로든 정신적으로든 짚고 넘어가야 할 것이 많은 시기다. 요즘 많은 질문에 둘러싸여 혼란스럽지만, 회피하지 않으려고 노력 중이다. 무엇보다 내 의지의 한계점을 너무 높게 잡아 놓은 것이 아닐까 점검하며 '못할 수도 있다는 걸 인정하기, 지나친 책임감 내려놓기, 좋은 게 좋은 거라는 환상 깨기'를 연습 중이다.

생각이 많아지고 마음이 무거워지면 신체 활동도 둔화된다. 그럴 때마다 몸에 미치는 마음의 영향이 크다는 걸 실감한다. 마음은 늙지 않을 거라고 철석같이 믿었는데 어쩐담. 마음의 근력 운동은 어떻게 해야 할까? 우선 몸부터 움직여 보기로 하자. 글을 쓰다 말고 알람 설정을 해 두었다.

'오후 8시, 비가 와도 걸을 것!'

몸이 방을 나서면 널브러져 있던 마음도 어쩔 수 없이 따라나서겠지.

★ 마음의 근력을 키우고 싶을 때 **읽으면 좋은 책**

• 오사다 히로시 지음, 박성민 옮김, <세상은 **아름답다고**>, 시와서, 2021.

15 폐경이라뇨? 누구 맘대로 내 몸을 닫으시는지

하루에 몇 번 울었는지 기록한 울음일기라니. '세상의 모든 일기'라는 주제로 글방 모임을 열면서 30여 권 가까이 일기책을 사들였지만, 이런 제목은 어디에도 없었다.

메리 루플이 1998년 4월에 썼다는 울음일기는 산문집 <나의 사유 재산>에 실려 있다. 반으로 접힌 흔적이 있는 노트한 장. 처음 이 흑백 사진을 보고 무슨 암호인가 했다. 근데제목이 'April's cryalog'다. 얼마나 슬픈 달이었길래 거의매일 울었을까. 하루에 몇 번 울었는지를 'C^cried'의 개수로 표기했는데, 4월에는 'NC' 울지 않은 날이 며칠 없다. 별다른감흥 없이 지나쳤던 이 페이지를 일 년 반이 지나 다시 펼쳐봤을 때, 나는 비로소 메리 루플의 심정을 이해할 수 있었다. 'CCCCC' 울고 울고 울고 울고 또 울었던 이유도.

우울증이 아니었다. 폐경 menopause 이었다.

이 글을 읽거나 폐경에 관해 쓴 어떤 다른 글을 읽는대도 별로 도움이 되진 않을 것이다. 우리가 폐경에 반응하는 방식은 우리에게 달려 있지 않다. 그건 우리의 몸에 달려 있다. 또한 자기가 자기 몸을 통제할 수 있다고 믿는다 해도 (요가를 많이 하면 힘이 생긴다고 하는 것처럼), 실제로는 그럴 수 없다.

- <나의 사유 재산>, 33쪽

'폐경이었다'는 이제 내 이야기가 되었다. 어떻게 이렇게 동시다발적으로 몸이 아플 수가 있을까. 당혹스러움과 함께 우울감이 밀려들었다. 폐경은 자기 몸을 통제할 수 없게 되는 걸까? 더럭 겁이 났다. 나는 한숨일기라도 써야 하나.

중학생이 되고 나서 월경을 시작했다. 40년 가까이 매달 5~6일은 옷에 혈흔이 묻으면 어쩌나 신경 쓰며 살았다. 자다가 이불에 묻을까 걱정하던 밤들. 기분 나쁘게 아랫배가 묵직해지고, 둘째 날은 양이 많아 화장실을 들락날락. 따갑거나 쓰라린 괴로움은 또 어떻고. 예고 없이 갑자기 시작해 생리대 구하느라 동동거린 날들. 냄새 걱정, 화장실에 흔적 남을까 걱정. 생리대(월경대) 종류는 왜 그렇게 많은지. 저렴한 거 쓰다가 염증 생겨 고생하고, 유해 성분 기사 터지면 유기농 마크며 천연 성분 표시며 꼼꼼하게 살피느라 시간 쓰고 돈 쓰고. 면 생리대 시도했다가 두 손 들고 포기하고. 생리컵 사려고 인터넷을 뒤지던 중에 월경 끝.

끝나서 좋은 점, 멈춰서 이로운 점은 없는 걸까? '폐경'의 의미를 부정적으로 바라보는 시선은 어디서 기인했을까? 누가 이 단어를 쓰기 시작했을까? 단어 속에 숨겨진 의도는 없는 걸까?

- **폐경(閉經)** 『의학』 여성의 월경이 없어짐. 또는 그런 상태.
- **閉(닫을 폐)** (한자) 닫다, 닫히다, 잠그다, 끊다, 단절하다, 덮다, 오므라들다, 지키다, 막다, 간직하다, 자물쇠, 맺음, 매듭

'폐경'은 '의학 용어'다. 의사가 여성의 몸 상태를 진단해서 붙이는 명칭이다. 월경이 없어진 상태, 멈춘 상태를 의미한다. 근대 의학의 남성 중심 관점에서는 여성성의 종결, 임신 가능성의 종결을 뜻하기도 했다. 나에게 '폐경'은 나도 모르는 사이 생긴 몸의 변화다. 이 말의 어원이 되는 '폐'의 뜻으로 나의 몸 상태를 설명하기엔 어폐 _{적절하지 아니하게 사용하여 일어나는 말의 폐단이나 결점}가 있다.

나에게 '폐경'은 닫히거나 잠그거나 끊거나 단절하거나 덮이거나 오므라드는 일과는 거리가 멀다. 나는 월경을 더 이상 하지 않는다. 내가 결정한 건 아니지만 꽤 마음에 든다. 귀찮은 일이 사라지고 돈도 안 든다. 월경을 멈췄다고 해서 내 몸의 일부가 닫히고 막혔다는 느낌은 들지 않는다. 월경혈은 끊겼을지 몰라도 내 안의 생명력을 흘러넘치게 하는 혈액과 체액은 줄기차게 몸을 돌며 나를 살아 숨 쉬게 한다. 월경을 하는 동안 몰랐던 호르몬들의 정교한 협업에 뒤늦게나마 경의를 표하고 싶고, 여전히 열심히 일하는 호르몬들에게는 고마울 따름이다. 월경이 멈춘 덕분에 불안정하게 널뛰던 감정도 얌전해진 듯하다. 가끔 우울함이 나를 덮쳐올 테지만, 폐경 탓을 하거나 갱년기 때문이라고 핑계 대지는 않을 것이다. 사는 게 얼마나 힘들고 복잡한 일투성이인가. 무엇이 나의 마음을 진창으로 끌어내리는지 잘 분별해 대처한다면 무거운 마음 때문에 드러누웠던 몸도 협조하려고 일어날 것이다. 이미 굳어진 의학 용어인 '폐경'을 쓰더라도 그 말에 스며든 부정적인 의미에 동조하진 않겠다.

월경이 멈춘 상태를 당사자인 여성이 명명한다면 어떤 말이 적합할까? '완경'이라는 말 덕분에 나는 '폐경'을 내 삶의 긍정적인 전환점으로 바라보게 되었다. 여성으로서 내가 스스로 선택한 출산 완료. 건강하고 균형 잡힌 최고의 몸 상태를 완성. 이제는 서서히 변해갈 내 몸을 돌볼 준비 완료. 어쩌면 완벽한 종결. 쓰다 보니 더 귀한 일로 느껴진다. 완경의 주체인 여성이 각자 자기만의 완경의 정의를 내려보면 좋겠다. 우리 몸을 존중하며 가장 잘 설명할 수 있는 사람은 의사도 그 누구도 아닌 바로 우리니까.

나는 이제 '폐경'이란 단어를 새로 시작하는 동력, 새로운 문을 열 기회로 해석해 읽는다.

> 당신은 아직 시작도 하지 않았다. 먼저 당신은 멈춰야 pause 한다. 기백을 발휘하려면 일단 멈춰야 하듯이. 그저 심호흡만 하려는 것이라 해도.
>
> – <나의 사유 재산>, 41쪽

메리 루플은 폐경 menopause 으로 울기도 했지만, 아직 시작도 하지 않은 삶의 무수한 가능성을 포기하지 않은 사람처럼 보인다. 멈춤의 의미는 또 다른 도약을 위한 휴식, 다음 생애 단계로 넘어가기 위한 준비일지도 모른다.

아름답고 신비로운 성 경험과 경이로우면서도 고통스러웠던 두 번의 임신과 출산, 이 모든 걸 가능하게 해 주었던 월경. 내 삶의 길고 긴 월경의 역사를 기술하려면 얼마나 많은 몸의 언어가 필요할까. '폐경' 혹은 '완경'이라는 단어로 내 월경의 마지막을 제대로 설명할 수는 없다. 내가 기다리는 단어와 이름들이 언제 어디에서 나타날지 모르겠지만, 이것만은 확실하다. 나는 '폐경'이라는 단어를 부끄러워하지 않겠다는 것. 완경이라는 말을 자랑스럽게 여기며 계속해서 나의 몸에 대한 이야기를 멈추지 않겠다는 것.

★ 폐경에 대한 문학적 성찰이 필요할 때 **읽으면 좋을 책**

• 메리 루플 지음, 박현주 옮김, <나의 사유 재산>, 카라칼, 2021.

16 당신의 갱년기 언어, 마음에 들어요?

증상. 병을 앓을 때 나타나는 여러 가지 상태나 모양을 의미한다. '갱년기 증상'이라는 말을 쓰는 순간 나는 잠정적인 환자 상태가 된다. 습관적으로 쓰던 말을 이제는 함부로 쓰지 않는다. 나를 병자로 인식하지 않기 위해서다.

표준국어대사전에는 아직 '완경'이란 단어가 등재되지 않았다. 2차 검색으로 찾은 '우리말샘'의 뜻풀이를 보니 묘하게 기분 나쁘다.

- **완경(完經)** 여성의 폐경을 완곡하게 이르는 말.
- **완곡하다(婉曲하다)** 말하는 투가, 듣는 사람의 감정이 상하지 않도록 모나지 않고 부드럽다.

아니, '완곡하게'라니. 기본 전제가 폐경은 마음 상하는 일이거나 들으면 기분 나쁠 거라는 뜻인가? 그만 해서, 끝나서 좋을 수도 있는데? 완전한 마감. 월경의 완성이라는 의미로 완경을 받아들인 나에게는 굳이 '완곡하게' 말씀하지 않으셔도 됩니다만.

　만약 여성들에게 월경을 멈춘 상태를 스스로 명명할 기회가 주어졌다면 '폐경'보다 훨씬 적합한 표현을 쓰지 않았을까? 함께 생각해 봅시다. 폐경기(갱년기)의 영문 표기인 'Menopause'에서 pause는 '말이나 일을 하다가 잠시 멈추다'라는 뜻인데, "다 끝났어!"라는 부정적인 뉘앙스와는 거리가 있어 보인다. 책을 읽다가 반가운 내용을 발견했다. '멈춤'이라는 의미 없이도 갱년기를 잘 살아가는 문화권이 있다는 것!

> 　네덜란드어로 이에 해당하는 단어는 'overgang'인데 'A에서 B로' 가는 길이나 도로를 통과한다는 뜻이다. 핀란드어로는 'vaidhevoudet'인데 해의 변화change of year를 뜻한다. 스웨덴어로는 'klimacterium'인데 삶의 변화 혹은 단계들을 의미한다.
>
> 　　　　　　　　　　　　　- <완경 선언>, 58쪽

독일어로 갱년기는 어떻게 표현할까? 언어에 대한 감각이 남다른 이보현 작가님 <해외생활들>, <나의 외국어, 당신의 모국어> 과 새해 인사를 주고받다가 문의하여 들은 답이다.

> 독일에서는 'Wechseljahre'라고 합니다. 직역하면 '변화
> 의 해'라는 뜻이고요. 여기서도 열감이 생기면 갱년기의 한
> 증상으로 보고, 농담으로 "갱년기 오는 거야?"라는 말을 건
> 네는 걸 종종 보곤 합니다. 부정적이기도 하지만, 긍정적으
> 로 해석하기도 해요. '해방의 해'로 여성의 독립을 의미하기
> 도 합니다.

폐경이든 완경이든 당사자인 내가 그 단어를 어떻게 정의
내릴 것인가 숙고해야 한다. 언어는 사고에 영향을 미치고,
사회적 담론을 형성하는 데 큰 역할을 하기 때문이다. 갱년
기를 표현하는 말들이 더 다양해졌으면 좋겠다. 각자 자신의
상태를 설명하는 말들을 부지런히 찾아 공유하고, 적절한 비
유를 통해 나만의 갱년기 정의를 내리려는 노력이 필요하다.
그렇게 된다면 갱년기가 어느 때보다 의미 있는 생애 주기로
자리매김할 것이다.

글쓰기 모임으로 4년 넘게 인연을 맺어온 태숙 씨는 일본
에 산다. '일본의 갱년기 언어는 어때요?'라는 질문으로 시작
된 갱년기 언어 프로젝트는 편지를 주고받으며 이어졌다. 갱

년기와 관련된 다양한 일본어를 보며 웃음을 터뜨리고 어떤 말에는 경악하면서 우리가 쓰는 말들은 어떤지 점검할 수 있었다. 메일함에 날아든 첫 편지의 제목은 '갱년기, 무섭지 않다고 말해줘요!'였다. 아이쿠, 갱년기가 어쩌다 이렇게 무서운 말이 된 건지. 태숙 씨는 환절기가 되면 바뀌는 기온에 적응하느라 고생하는 아이들 이야기를 하면서 갱년기는 인생의 환절기일 수도 있겠다는 말을 했다. 좋은 비유라고 생각했다. 계절의 변화는 익숙하고 예측 가능하지만, 갱년기는 그렇지 않은 게 좀 다르지만 말이다. '이제 갱년기 시작!'이라는 명백한 신호나 기준이 있다면 거기에 맞춰 준비할 수 있을 텐데, 언제 시작되었는지 알 수 없고 언제 끝날지 모호한 갱년기. 어쩌면 길고 긴 환절기일 수도 있겠다는 생각이 들었다.

갱년기라는 말이 남의 일 같지 않아 귀를 기울이다 보면 온갖 괴담이 넘쳐난다. 특히 갱년기 열감에 대한 묘사는 무시무시하다. 얼굴이 활활 타오르는 것 같다거나 몸에 불이 붙은 느낌이 든다니. 자다 일어나 보면 침대 시트가 홀딱 젖어 있을 정도로 땀을 흘린다는 말을 듣고 나면 조금만 덥게 느껴져도 '갱년기인가?' 의심을 하게 된다. 기온이 높아 평소보다 땀을 더 흘리는 게 당연한데도 '갱년기 때문이야!'를 외친다. 잘못을 저지른 사람한테 화를 내도 갱년기 탓, 조금만 울적해지면 갱년기 걱정, 컨디션이 조금 안 좋아도 갱년기 타령. 나부터도 툭하면 갱년기를 들먹였던 터라 뜨끔한 마음으로 글감 노트에 '갱년기 개억울…'이라고 적어 두었다. 갱년기를 입에 달고 불평하면서도 면밀하게 증상을 관찰하고 조치를 내리는 데는 게을렀다는 반성도 하고!

갱년기가 무섭지 않을까 걱정하는 태숙 씨에게 쓴 답장의 제목은 '어쩌면 생각보다 괜찮은 갱년기'였다. 아프고 힘들고 우울한 적도 많았지만 생각보다 견딜 만하다고, 힘든 것만큼 수월한 점도 있다고 안심시키고 싶었다. 무엇보다 갱년기를 희화화하거나 스스로를 비하하는 일은 없는지 잘 점검해 보자고 했다. 편지를 주고받는 동안 가을이 지나고 있었다. 내게는 한 번뿐인 쉰세 번째 가을, 뜻깊게 보내고 싶었다. '다시' 오는 것들에 감사하고, '다시' 없을 지금을 기쁘게 누리는 우리이길 바랐다.

어느덧 겨울. 태숙 씨는 우연히 쇄골 쪽에서 물컹한 혹을 발견하고 놀라 병원에 다녀온 이야기를 들려주었다. 어디가 아프면 젊으니까 큰일 아니려니 넘기고, 한창나이에 엄살이나 부린다는 소리도 듣고 싶지 않아 아파도 말을 안 했는데,

마흔으로 접어든 지금은 그러면 안 될 것 같았단다. 태숙 씨가 4년 전에 썼던 글이 떠오른다. 시부모님과 함께 살며 네 아이를 돌보느라 숨 가쁜 하루를 보내면서도, 글 속의 태숙 씨는 얼마나 쾌활하고 씩씩했는지! 추운 겨울비에 젖은 나무를 보며 쌍둥이 아기들과 씨름하느라 침과 땀으로 축축해진 옷자락을 떠올렸던 태숙 씨. 찬 바람에 몸을 움츠렸던 그 순간에도 구부정해 보이던 가지와 이파리들이 몸을 펴고 콧노래를 부르는 것 같았다고 썼다. 올가을은 어떻고? 울긋불긋한 잎들이 바람을 타고 가지를 떠나는 모습에서 함성소리가 들리는 듯했다나? 자유를 갈망하며 날아오르는 나뭇잎이 우리 같았단다. 와아, 신나게 소리 한번 질러 보고! 태숙 씨는 이제 몸의 소리에도 귀를 기울이고 있다고 한다. 몸에 대해 솔직해질 수 있다는 건 갱년기의 좋은 점이라며 언제든 망가질 수 있고 한계가 있는 몸을 세심하게 살피고 보듬겠다고 다짐했다.

다행히 혹은 별것 아닌 것으로 밝혀졌다. 주어진 시간이 아까운 줄 알고 알차게 쓸 수 있게 된 걸 기뻐하며 긍정적으로 새로운 생애 주기를 바라보는 그의 모습을 보며 '의연한 갱년기'라 이름 붙이고 싶다. 태숙 씨가 쓴 글을 읽다 보면 기존의 갱년기 언어가 보여주지 못한 다른 표정을 보게 된다.

이왕이면 엉뚱발랄, 그럴듯한 단어로

김태숙

두려울 게 없던 20대를 지나 육아라는 낯선 일에 몸을 불사르던 30대를 넘어 40대 중반이 되었다. 삐그덕거리며 비명을 내지르는 몸을 느끼거나 들쑥날쑥한 감정의 기복이 있을 때 슬슬 사람들이 말하는 갱년기라는 것이 오는구나 싶다. '폐경', '갱년기' 단어들이 눈에 띈다. 달마다 찾아오는 월경이 완료되었다는 의미로 '완경'이라는 말이 쓰인다는 것을 알고 손을 탁 쳤다. 좋네! 일본에서는 이 시기를 뭐라고 정의하는지 궁금해졌다. '閉経', '更年期'. 뜻에 맞는 한자를 그대로 썼을 뿐이었다. 꼭 사지선다형 문제에서 하나 있는 정답을 고르는 것 같았다.

관련된 책을 뒤졌다. 발견! 생각보다 긍정적인 표현이 많은데 좀 더 드러나면 얼마나 좋아. 그중 갱년기 여성의 호르몬 변화를 격정적인 파도에 비유한 것이 특히 좋았다. 태풍이 불어닥치고 나면 반드시 잔잔한 물결이 이는 시간이 온다는 말은 희망에 부풀게 했다. 변화의 한가운데 있는 우리들이 뭐가 튀어나올지 모르는, 그러나 희망적일 수도 있는 드넓은 바다를 항해하는 항해자 같다니. 멋있었다. 역경을 헤쳐 나가는 모험가가 된 듯 어깨에 힘이 빡 들어가고 자신감이 생겼다.

나이 탓을 하며 한숨 푹푹 쉬던 것이 생각의 변화로 기대감에 반짝였다. 나는 50대 지인 두 사람을 통해 앞으로 삶을 어떻게 바라볼 것인가를 생각할 수 있었다.

한 사람은 나와 국적이 같고 둘째와 같은 나이의 외동아들을 키우는 엄마다. 우린 국적이 같고 집이 가깝다는 이유로 자주 만났다. 그녀는 만날 때마다 외롭다는 말을 입에 달고 있었다. 함께 뭔가를 해 보고자 꼬셔도 늘 핑계가 많았다. 몸이 따라주지 않는다거나 할 마음이 생기지 않는다거나. 적극적으로 자신을 살피느냐 하면 그렇지도 않았다. 나이가 들었으니 당연하다며 흐름에 몸을 맡긴 듯이 보였다. 말 알아듣고 혼자 행동할 줄 아는 초등학생 아이가 하나. 부족함 없는 생활환경. 아이 넷의 소음 속에 파묻혀 있는 나는 가끔 부럽기도 했는데. 나라면 뭐든지 할 수 있을 것 같아서.

또 한 사람은 아이 셋을 키우는 일본 국적의 엄마이다. 딸만 셋인데 막내가 우리 집 첫째와 같은 유치원 같은 반이었다. 첫째가 초등학교 5학년쯤 되었을 때 오랜만에 만나 점심을 먹었다. 나는 40대, 그녀는 어느새 50대가 되어 있었다. 우린 예전보다 편하게 대화했다. 아이들에게만 국한되지 않고 개인적인 이야기도 스스럼없이 나눴다. 그녀는 요즘 들어 월경이 불규칙해졌다고 했다. 그러더니 하는 말. "나 임신한 줄 알았잖아." 뭐? 밥 먹다가 입에 든 것을 뱉어 내며 웃었다. "남편이랑 너무 뜨거운데!" 난 황당함과 감탄을 섞어 소리쳤다. 우린 가게가 떠나가라 웃었다. 그녀의 이야기는 정말 새로웠다. 워킹맘에 손이 많이 가는 장애가 있는 첫째, 둘째와 셋째까지. 여유라고는 눈을 씻고 찾아봐도 없을 것 같은데도 하고 싶은 일은 다 한단다. 미용 여행을 위해 한국에 다녀왔다는 이야기에는 입이 떡 벌어졌다. 필요할 때 아이들은 남편에게 맡긴다면서. 의외로 잘 봐준다나 뭐라나. 아. 엉뚱발랄한 그녀가 너무 좋아.

인생은 선택의 연속이다. 그리고 선택하는 건 '나'의 일이다. 이왕이면 다홍치마라고, 좋은 것이 좋지 않겠는가. 한숨의 대명사인 갱년기를 다른 말로 바꿔 보고 싶어졌다. 푸릇하고 생기 넘치는 청춘을 지나 맞이하는 시기.

일본에서는 사춘기 무렵 아이들을 보며 '청춘(青春)'이라 쓰고 한자를 풀어 읽어 '아오하루(あおはる)'라 말한다. '푸

른 봄'. 싱그럽기도 하지. 짙푸른 잎이 풍성한 시기 뒤에 오는 갱년기는 열매가 익어가는 가을이 아닐까. 붉고, 노랗고, 타는 듯한 갈색으로 화려하게 변한 잎이 흐드러지는 계절. 농익은 화려함이라는 뜻을 가진 단어를 찾다가 '艶(염)'이라는 한자가 꼭 마음에 들었다. '艶秋(염추)'. 화려함을 담아 농익은 가을. 거기다 엉뚱발랄을 추가한다. 딱 좋다.

편지를 읽는 내내 웃고 있었다. 엉뚱발랄 갱년기? 오케이! 우리는 그렇게 갑시다.

갱년기의 '갱更' 자는 '다시', '새로'라는 의미를 담고 있으니 갱년기 여성의 새로운 캐릭터를 우리가 만들어 가는 것도 좋지 않을까? 소설을 쓰기도 하는 태숙 씨에게 세상 멋진 갱년기 여성을 주인공 삼아 한 편 써 보라고 해야겠다.

★ 갱년기에 대한 부정적인 말에 대항하고 싶을 때 **읽으면 좋은 책**

• 다시 스타인키 지음, 박소현 옮김, **<완경 일기>**, 민음사, 2021.

17 더 이상 미루지도 양보하지도 않는 결단의 갱년기

내가 하고 싶은 걸 할 기회를 가장 먼저 빼앗은 건 누구도 아닌 나였다. 못 할 이유를 먼저 찾으면서 속으로는 안도한 적도 많았다. '내가 그걸 어떻게 해.', '지금 거기에 돈 쓸 여유는 없지.', '다음에 또 좋은 기회가 올 거야.', '이미 늦었어.' … 망설이고 두려워하고 걱정하고 겁내다가 결국 놓치고 포기하고 미루고 도망쳤던 날들. 회한으로 응축된 어떤 마음이 갱년기가 되어서야 비로소 '용기'로 탈바꿈한 게 아닐지.

2024년 1월, 덜컥 실용음악학원에 등록해 피아노를 배우기 시작했다. 수십 년간 피아노 배우고 싶다고 말만 하던 나를 뒤흔든 건 무려 비킹구르 올라프손! 인터미션도 없이 90분 동안 연주한 바흐의 골드베르크 변주곡. 피아노와 한 몸인 것처럼 보이는 그의 표정과 몸짓에 전율했다. 도대체 어떤 느낌일까. 눈물이 또르르 흐르는 순간, 그래 결심했어! 나는 피아노를 배울 거야. 일 년 내내 한 곡만 연습하더라도 좋아하는 곡을 연주하는 느낌이 어떤 건지 경험해 보고 싶어!

레슨 첫날, 피아노 앞에 앉은 나는 '하농' 악보를 보고 하얗게 얼굴이 질렸지만 그저 즐거웠다. 드디어 피아노 앞에 나를 앉혀 놓은 것만으로도 신났고, 매일매일 연습을 하면서 그렇게 재밌을 수가 없었다. 6개월 동안 98일, 연습실에서 한 시간씩 피아노를 쳤다. 좋아하는 피아노 곡을 몇 주 연습했지만, 내게는 터무니없이 어려운 곡이라 열 마디도 배우지 못하고 포기했다. 그래도 아름다운 선율 몇 마디가 내 손끝에서 흘러나오던 순간의 감동은 잊을 수가 없다. 실망한 나를 위해 선생님이 들고 온 곡은 '문 리버 Moon River'였다. 수백 번 연습하고 통째로 외워서 연주하던 날, 속으로 조용히 울었다. 어릴 적 엄마한테 피아노 학원 보내달라고 떼쓰던 어린 화정이 생각나서. 미안해, 너무 늦었지?

친구가 직접 연주하는 '엘리제를 위하여'를 처음 들었을 때 어떻게 이런 소리가 날 수 있을까, 왜 이렇게 가슴이 울렁거릴까 의아했던 기억이 난다. 나는 이제 겨우 '곰 세 마리', '반짝반짝 작은 별', '옹달샘'을 흥얼거리며 친다. '문 리버'는 다음 음계 자리 찾느라 매끄럽게 이어지지 않고, 리듬도 정확하지 않지만, 내 손가락 끝에서 선율이 탄생하는 경험은 황홀했다. 익숙한 동요를 연주하며 흥에 겨워 몸을 움직이는 내 모습이 웃기면서도 좋았다. 한 달에 16만 원을 지불하며 피아노를 배우는 게 만만치 않았지만, 진작에 이 즐거움을 누리면 좋았을 걸!

매일 악보를 들고 신나게 달려갔던 연습실에서 한 시간이 어떻게 지나가는지도 모를 만큼 몰입해서 피아노를 쳤다. 마치고 일어설 때면 손가락과 팔목이 얼얼할 때가 많았다. 나를 괴롭힌 갱년기 현상 중 하나가 손가락 관절염이었는데, 좀 더 일찍 시작하지 않은 걸 후회했다. 한창 재미를 맛보던 중 난관에 부딪혔다. 수업 도중 선생님이 조심스레 꺼낸 얘기는 이제는 제대로 '문 리버' 리듬을 쳐 보자는 것. 워낙 초보자라 그동안 틀리게 연주해도 넘어갔던 모양이다. 갑자기 얼어버린 나. 기초부터 차근차근 연습하지 않은 결과였다. 이참에 제대로 학원을 알아봐야 하나 고민하던 중에 허리가 또 말썽을 부려 잠시 쉬기로 했다. 한 달 넘게 병원을 다니며 몸을 챙기는 동안 피아노 학원 등록할 타이밍을 놓친 채 3개월이 흘렀다. 그동안 일상에 큰 변화가 생겼다. 남편이 회사를 그만둔 것이다. 이제는 진짜 하고 싶은 일을 해야겠다고 마음먹은 남편도 나름의 갱년기를 통과하고 있는 셈. 응원해 주고 싶었다. 남편이 자신의 삶을 재정비하는 동안 살림 비용도 조정이 필요했다. 피아노 학원은 잠시 보류. 그런데 아쉽지 않았다.

'엘리제를 위하여'를 뽐내듯 치던 친구 옆에서 한없이 부러워하던 어린 시절의 나에게 미안해지려던 찰나, 고개를 돌려 나와 눈이 마주친 어린 화정이가 마구 손을 흔들며 이렇게 얘기해 주는 것 같다.

"괜찮아, 괜찮아! 피아노 치는 게 어떤 느낌인지 알게 되어 너무 좋았다며. 그걸로 됐지 뭐! 월화수목금 거의 매일 연습실을 다니는 동안 조금씩 나아지는 연주가 너무 신기하던데? 뭐든 그렇게 성실히 연습하면 좋아진다는 걸 몸으로 배우게 된 게 어디야. 감사한 일이지! 이젠 뭐든 배우는 걸 주저하지 않겠네. 그것만으로도 충분해. 너무너무 잘했어!"

바이엘 상권을 덜컥 사 들고 와서 피아노 책을 샀으니 학원에 보내 달라고 엄마에게 조르던 날, 호되게 혼이 나고 풀이 죽어 앉아 있던 어린 화정. 가만히 다가가 꼭 끌어안아 주고 싶다. 그래, 우리 참 잘했다, 그치?

피아노 대신 취미를 붙인 건 그림이다. 간혹 원데이 클래스나 드로잉 수업에 참여하면서 그림 그리는 재미를 알게 됐다. 드로잉 수업을 몇 번 받지 않았는데도 이것저것 다 그려 보고 싶다. 거리를 걷다가 유난히 팔랑거리는 튤립 모양 잎 사귀가 너무 예뻐서 '아, 저걸 그려 봐야지' 하며 사진을 찍고, 선물로 받은 편지지에 그려진 새와 나무를 보자마자 따라 그리기도 한다. 소설을 읽다가 언급된 사진가 정보를 찾아보다가 흑백 사진에 매료되어 갑자기 드로잉북을 펼쳐 한 시간 동안 코를 박고 그린 적도 있다. 나는 그림과 사랑에 빠진 여자처럼 틈만 나면 종이에 애정을 고백한다. 아, 멋있어. 너무 예뻐. 느낌이 참 좋은데…. 혼자 호들갑을 떨며 그림을 그린다. 그런 내가 웃겨서 피식. 아니, 누가 보면 그림 꽤나 그리는 사람인 줄 알겠네.

피곤하고 생기 없는 표정, 만성 통증에 깊어진 미간의 주름, 근심 가득한 눈빛. 갱년기의 내 얼굴이다. 그런데 피아노를 치고, 그림을 그리는 동안의 내 얼굴은 달랐을 것이다. 처음 해 보는 것에 대한 설렘과 떨림으로 번져 나가던 희열. 그 순간만큼은 순진무구한 어린 시절의 표정이 잠깐 스쳐 지나갔을지도.

갱년기의 다른 이름은 '기회는 이때다' 하고 이것저것 질러 보는 시기. 더 이상 미루지도 양보하지도 말고 오로지 나를 위한 무언가를 해 볼 절호의 순간. 내가 좋아하는 일, 꼭 해 보고 싶었던 일, 미루기만 했던 일을 실천할 기회를 주는 것. 호기심과 열정에 반짝이는 갱년기의 다른 얼굴을 기대해 본다. 슬그머니 웃음이 난다.

18 갱년기 삶의 질을 높이는 데 아까워하지 말 것

　선향 책모임을 마치고 연희동 골목길을 산책하다 우르르 양말 가게에 들어갔던 날, 덜컥 23,000원짜리 양말을 구입했다. 사장님이 양말 이야기를 신나게 들려주시는데, 그렇게 행복해 보일 수가 없었다. 좋아하는 걸 누군가에게 자랑하고 싶고, 자기가 누리는 행복을 나누고 싶어하는 마음이 그대로 전해져 소개해 주시는 양말마다 다 들고 오고 싶을 정도였다. 35,000원짜리 캐시미어 양말은 정말 예쁘고 고급스러웠지만 선뜻 살 수 없는 금액이었다. 망설이다 고른 초록색 양말 한 켤레. 사장님 말대로 신세계를 경험했다. 실크가 섞인 면사로 만든 양말을 처음 신었을 때는 일반 면 양말에 비해 약간 투박하고 도톰하다고 느꼈을 뿐이었다. 근데 막상 운동화를 신고 걷는 순간 발을 감싸는 느낌이 보드랍고 탄력이 느껴져 깜짝 놀랐다. 신호등 앞에서 발을 꼼지락거리며 흡족해하던 나. 걸을 때마다 폭신하니 발걸음이 절로 가벼워졌다. 같이 걷던 남편에게 자랑했더니, 마트 매대에서 저렴한 묶음 양말을 사는 자기는 생각나지 않았냐며 서운해했다. 흠, 지금껏 남편과 아이들 옷 사려고 발품 팔았던 세월이 스쳐 지나갔다. 할인 매대에 누워 있는 제품에 대해서는 나야말로 할 말이 많습니다만… "내가 비싼 양말 사서 아까워?" 하고 물었다. "아깝지…"로 이어지는 말 때문에 심정이 상할 찰나, "당신이 좋다면 좋은 거지, 아까울 리가…"라는 말로 수습하는 남편과 티격태격 실랑이를 벌였다. 근데 남편은 알까? 새 양말을 신고 신이 난 후 식구들 얼굴이 차례대로 떠올랐다는 걸. 우리 식구만 해도 곱하기 3, 부모님도 사드리고 싶어서 곱하기 4. 추워지면 겨울 양말 사러 가려고 했는데…

고급 양말 세트는 선물용으로만 사 봤을 뿐 내가 신어 본 적은 없다. 식구들 양말은 3~6켤레 묶음으로 파는 걸 주로 사 신었다. 어떤 물건이든 고급 제품은 상상 이상으로 비싸다는 걸 알고는 있지만, 양말 가게에 진열되어 있는 상품을 하나씩 들고 가격을 볼 때마다 화들짝 놀랐다. 가격이 어떻든 눈 하나 깜짝 않고 몇 켤레씩 사는 사람도 있겠지만, 내게는 쉬운 일이 아니었다. 그런데 양말 한 켤레가 주는 행복이 예상 밖으로 커서 매우 만족스러웠다. 얼마나 좋았으면 3일 동안 매일 손빨래를 해서 밤새 말려 다음 날 또 신었을까. 걸을 때마다 양말의 존재감이 나의 기를 살려주는 것 같아서였을까. 마음 한편에는 이런 생각이 꿈틀거렸던 것 같다.

'그래, 이제 좋은 양말 신어도 돼. 세상에 좋은 게 얼마나 많은지 조금씩 경험하고 누려도 돼. 이제 더는 네 자신에게 인색하게 굴지 않았으면 해. 식구들 먼저, 지금은 아니고 나중에, 이것보단 더 쓸모 있는 일에 써야 한다고 자꾸만 미루고 뒤처지는 너의 순서를 제일 앞에 놓고, 너부터 해 봐.'

완경과 함께 찾아드는 상실감을 어떻게든 잘 보듬어 주라고 후배들에게 이야기해 주고 싶다. 갱년기는 지금껏 해 보지 못한 걸 해 볼 기회로 삼으라는 얘기도. 이제는 그 누구도 아닌 '내가 좋아하는 것'에 에너지를 쏟을 기회로 삼고, 더 이상 양보하지 말고 미루지도 말고 일단은 해 보라고.

내게 갱년기는 불편한 것투성이다. 허리와 목의 불편은 주기적으로 찾아오고, 손가락 관절 통증이 사그라들 즈음엔 입안이 화끈거려 말하기도 먹는 것도 불편해진다. 입안이 가라앉으면 팔꿈치가 시큰거려 후라이팬 드는 것도 힘들어지고, 어깨 결림이 심해져 승모근이 돌처럼 딱딱해진다. 어디 한 군데 아프지 않은 날이 없다 해도 과언이 아니다. 아픈 몸에 집중하다 보면 마음도 시름시름 앓을 수 있다. 방치하면 더 심해지는 통증을 내버려두지 않는 게 급선무. 더 악화되기 전에 치료를 받고, 병원이 해결해 줄 수 없는 건 이런저런 방법을 찾아보려 애써야 한다.

갱년기에 대한 책을 쌓아 놓고 읽으면서 깨달은 게 있다. 그들이 해 본 것을 다 따라 할 수는 없지만, 최대한 나에게 줄 수 있는 기회는 다 줘 봐야 한다는 것이다. 내 안의 에너지와 삶을 향한 열정의 불씨가 사그라드는 걸 방치하지 말아야 한다는 것. 나는 생명을 잉태하고 세상에 내어놓는 일을 두 번이나 경험한 걸 감사하게 생각한다. 생명을 창조할 수 있는 가능성이 얼마나 놀라운 것인지는 완경을 통해 뼈저리게 알게 되었다. 이제 더 이상 생명을 잉태할 수 없다는 사실에 약간의 상실감 같은 걸 느꼈던 것도 같다. 하지만 이후 내게 새로 찾아온 변화는 불편하고 고통스러운 '갱년기 증상'만이 아니었다. 나에게 갱년기는 영감이 솟아오르고, 경탄하는 능력이 배가되고, 사소한 것에도 애정이 흘러넘치고, 연민이 깊어지는 시기이기도 하다. '마음이나 생활 태도를 바로잡아 본디의 옳은 생활로 되돌아가거나 발전된 생활로 나아감'을 뜻하는 갱생의 의미에 가깝다. 갱년기를 나만의 세계를 창조할 수 있는 기회로 삼으면 어떨까. 나는 그림을 배우고, 글쓰기에 매진하고, 전시와 음악회를 쫓아다니고, 피아노를 배우는 동안 새로운 나를 만나 몰입의 즐거움을 맛보았다.

30년 넘게 쓴 생리대 값을 합치면 만만치 않은 금액일 터. 매달 생리대, 진통제에 쓰던 돈을 완경 기념으로 따로 떼어 평소 갖고 싶었던 물건을 사면 어떨까? <small>오! 일단 양말 한 켤레 더 사도 되겠다.</small> 그림에 취미가 생기면서 처음 써 보는 오일 파스텔을 전문가용으로 샀다. 요가원에서 단체 수업만 받다가 완경 후유증을 견딘 나를 위해 일대일 수업을 끊어 자세 교정을 제대로 받았다. 특별한 공간에서 열리는 원데이 클래스에도 다녀왔다. 젊을 때는 느끼지 못했던 겨울옷 무게에 피로감이 엄습하던 겨울을 몇 해 보내고는 캐시미어가 섞인 울코트를 사 입었다. 10% 함량의 코트에서 100% 코트를 입기까지 또 몇 해가 걸릴지 모르겠지만, 더 늦기 전에 입어 보는 게 소원이다. 갱년기는 나를 제대로 대접하는 시기였으면 좋겠다.

우리나라 평균 기대 수명이 여자의 경우 85.6세라고 한다. <small>KOSIS 통계청, 생명표 2022년 기준</small> 내 나이 53세. 앞으로 남은 기대 수명은 33년이다. 그중 갱년기 상태로 지내는 비중은 1/3이다. 그 소중한 시기의 삶의 질을 포기하고 싶지 않다. 최선을 다해 그동안 못 해 준 것들을 나에게 베풀고 싶다. 이후의 삶은 갱년기의 삶보다 더 아프고 고단해질 수 있을 테니 말이다.

다시 양말 이야기. 23,000원어치의 행복에 대해 생각한다.

아침에 신고 나가 하루 종일 걸을 때마다 발의 상태가 편안하고, 흥얼거리듯 발가락을 꼼지락거리는 즐거움. 나에게 이만큼의 투자를 아까워하지 않았으면 좋겠다. 작은 것부터 시작할 수 있다는 걸 나의 초록색 양말이 가르쳐 주었다. 내가 신어 본 가장 비싼 양말. 예쁘고 폭신하며 쾌적하기 이를 데 없는 23,000원짜리 양말.

나의 갱년기 동지들이여, 올겨울엔 꼭 해 보기 바란다. 양말 가게에 들러 지나온 겨울 한 번도 내 발에 신겨 보지 못한 가장 따뜻하고 포근한, 천연 재료 함량이 높은 겨울 양말을 자신에게 선물하기를. 추운 거리를 걸으며 발가락들이 행복에 겨워 꼼지락거릴 때의 흡족함을 만끽하기를.

마음이 몹시 추운 날, 양말 가게에 들러야겠다. 울과 캐시미어가 섞인 포근하고 보드라운 빨간색 양말이면 좋겠다. 우선 발부터 따뜻이 감싸 주면 마음도 한결 따스해지겠지.

19 쫄지 마, 갱년기!

30대 후배들을 보면 사명감에 두 주먹을 불끈 쥐게 된다.

'자, 언니만 믿고 따라 와! 지금 네가 어떻게 사느냐에 따라 50대는 얼마든지 달라질 수 있어!'

30대 중반부터 독서 모임을 같이해 온 은아 씨는 2시가 넘으면 둘째 하원에 맞춰 부랴부랴 달려가곤 했다. 생동감 넘치는 젊음이 부러우면서도 고단한 일상 속에서 읽고 쓰느라 애쓰는 모습이 안쓰러웠다. 시간이 훌쩍 흘러 둘째도 초등학생이 되었다. 이제 마흔을 코앞에 둔 은아 씨는 주변 40대 언니들의 갱년기 이야기에 잔뜩 겁을 먹고 있었다.

"40대가 되면 몸 자체가 달라져!"

"한 번은 크게 아프고, 그 뒤론 컨디션이 완전 무너진다니까. 옛날처럼은 못 살아."

나이가 들면 다 그렇다는 40대 언니들의 이야기를 듣고 은아 씨가 내게 물었다. 언젠가 2~30대로 돌아가고 싶냐는 질문에 1초의 망설임도 없이 "아니! 지금이 좋아!"라고 했던 게 지금도 변함없냐고.

내 주위의 50대 지인들도 대부분 같은 대답을 한다. 갈팡
질팡 흔들리고 휘둘리며 살았던 이전보다 지금의 내가 훨씬
마음에 든다고. 경제적으로 넉넉하고, 아프지도 않고, 사람
들과도 두루 잘 지내서 그런 건 아니다. 실상 더 많은 문제들
을 안고 살아가는데도 지금이 좋단다.

아침마다 새치를 뽑기 시작했다는 은아 씨는 솔직히 젊음
이 부럽지 않냐고 재차 물었다. 부럽지 않다면 거짓말이다.
차이가 있다면 50대가 되기 전에는 부러워서 괴로웠다면 지
금은 부럽지만 그저 예뻐서 애틋하게 바라보게 된다는 정도?

아이들 키우느라 하루가 어떻게 지나는지도 모를 후배들
을 보며 혼잣말을 하곤 한다. '참 좋은 나이네. 그런데 자기
는 못 챙기고 애들만 쫓아다니느라 힘들겠다. 지금이 제일
눈부신 시기인데, 나를 발휘할 기회는 없고. 기운이 펄펄 나
는 요때 여행 다니면 좋을 텐데, 애기들이 어리고.' 아마도
지나온 시절 누군가에게 듣고 싶었던 응원과 격려의 말을 뒤
늦게 혼자 궁시렁거리는 건지도. 아이들 다 키우고 하고 싶
은 것 좀 해 볼까 했는데, 갱년기가 발목을 잡더라는 얘기도

많이 들었다. 나는 좀 다르게 말해 주고 싶었다.

그런 마음으로 2020년 12월 '50대 두 여자의 다정한 초대'
라는 모임을 진행한 적이 있다. '엄마, 주부, 그리고 번역가'
라고 자신의 정체성을 규정한 김희정 선생님을 모시고 50대
의 삶에 대한 이야기를 풀어내는 자리였다. 그 모임에 참여
했던 은아 씨가 글을 보내왔다.

처음 50대 두 여자의 다정한 초대장을 받은 건 코로나19
가 한창이던 때였다. 수시로 바뀌던 거리 두기 단계 조정에
관한 뉴스가 나올 때마다 내 관심사는 확진자 수와 아이들
의 등원 여부에 집중되어 있었다. 2020년은 어느 해보다 돌
봄과 살림에 대한 부담이 가장 컸던 해였다. 집 안에 웅크리
고 앉아 아이들을 살피며 시간을 버텨 내는 일밖에 할 수 있
는 일이 없었다. 앞날에 대한 기대나 희망보단 초조함으로
가득찬 하루하루가 쌓여갔다. 그러던 어느 날 초대장이 날
아왔다. 정체된 일상 속 수시로 찾아오는 불안감을 품고 사
는 동생들에게 꼭 해 주고 싶은 이야기가 있다는 50대 두
언니의 초대였다.

나이 들어 좋은 점으로 가장 먼저 '자유'를 꼽은 50대 언
니들의 이야기가 시작되었다. '자유'는 어린 두 아이를 키우

던 나에겐 가장 간절한 단어였다. 하지만 그녀들의 자유는 내가 원했던 단순한 시간적 여유와는 조금 다른 의미였다. 가족이 아닌 나를 위한 삶을 허락하고, 타인의 권위에 나를 내주지 않고 보호하는 것, 이제 혼자여도 괜찮다는 마음으로 좋고 싫음과 불편함을 표현할 수 있는 것, 바로 이것이 50대의 자유였다.

까칠하고 솔직해 보일지라도 타인이 아닌 나를 위한 삶으로 일상의 우선순위를 변화시키는 데에서 기인한 50대의 자유는 나이가 든다고 절로 얻어지는 게 아니다. 가정이라는 테두리 안에서 섬처럼 존재했던 엄마, 그리고 여성으로서의 정체성을 각자의 방식으로 다져온 성과가 이제야 빛을 발한 것이다.

집중 돌봄의 시기를 통과하는 30대에겐 꿈도 사치스럽게 느껴진다. (적어도 나에겐 그랬다.) 그래서일까? 지금 당장 구체적인 꿈이 없어도 괜찮다고, 아직 찾지 못했을 뿐이니 내가 정말 좋아하는 게 무엇인지 탐색하고, 목적보단 과정에 충실한 시간으로 지금의 시기를 보내라는 선배들의 말이 마음속 불안과 긴장감을 조금씩 다독여 주는 것처럼 느껴졌다. 타인의 기준에 따른 중요한 일, 소위 돈을 버는 일이 아니더라도 내가 하는 일을 중요하다고 여기는 자세로 가슴 뛰는 일을 하며 '나'로만 존재하는 시간을 가져 보라는 선배들의 이야기를 듣고 나니, 나 또한 나만의 정의로 나의 정체성을 채우고 싶다는 마음이 움트기 시작했다. 여리지만 존재감만은 확실한 한 줄기의 빛이 어두웠던 마음 위로 조금씩 드리웠다.

처음엔 50대의 여유로움만 보였다. 그 여유가 부러우면서도 그래도 한 살이라도 젊었던 때가 좋지 않나 싶기도 했다. 하지만 모임이 익어갈수록 엄마, 주부 그리고 작가, 북 코디네이터, 번역가라는 각각의 정체성을 지키기 위해 무거운 시간을 견디며 자신만의 곳간을 쌓았을 그녀들의 3~40대 시절이 눈에 그려져 이내 마음 한구석이 뜨거워졌다.

2020년 12월 늦은 밤, 모니터 너머로 서로의 얼굴을 마주 보며 이야기 나눴던 <50대 두 여자의 다정한 초대>는 다음 해 9월, 오프라인에서 두 번째 만남을 가졌다. 50대 선배들이 선물처럼 건네준 단단한 예방주사 덕분일까. 더 이상 나의 50대가 막연한 슬픔과 불안으로만 다가오지 않는다.

올해 5학년이 된 아이는 종종 엄마의 꿈을 묻는다. 엄마는 원래부터 엄마가 되는 게 꿈이었는지, 아니면 꿈이 없는 건지. "글쎄, 엄마의 꿈은 우리 모두의 행복인가?" 하며 대답을 얼버무리던 나에게도 이젠 딸에게 해 줄 수 있는 이야기가 생겼다. 겁내지 않고 내 앞의 50대 언니들의 뒤를 따라 걷고 싶다고. 나이 듦이 두려운 것만은 아니니, 내 뒷모습을

> 보고 잘 따라오라고 동생들에게 손 내밀어 주는 다정한 언
> 니가 되겠다는 작은 꿈을 꼭 이루고 싶어졌다고.
>
> 2024. 12. 2. 고은아

무턱대고 50대를 기대하라고 할 수는 없다. 무책임한 언니가 되지 않기 위해 오늘도 씩씩한 갱년기 언니의 모습으로 산다. 어렵게 얻은 시간의 자유를 허투루 쓰지 않으려 주간 계획표를 펴고 나를 위한 일정을 꼼꼼히 점검한다. 매일 해내야 할 나의 중요한 일이 무엇인지 구체적으로 기입한다. 2024년 12월 첫째 주 주간 달력에 쓴 내용이다.

- **갱년기 원고 한 꼭지 마감**: 스스로에게 업무를 부여하면 그냥 쓸 때와는 다른 마음가짐으로 책상에 앉을 수 있다. 잠들기 전 완성된 원고를 뿌듯해하며 형광펜으로 완료 표시를 할 때, 나에 대한 신뢰가 쌓인다. 내일 또 한 꼭지를 쓸 동력이 생긴다.

- **제철 요리 특집 주간**: 매일 반복되는 요리가 버겁고 지겨울 때가 있다. 그럴 때는 제철 식재료를 소중히 다루며 영화 '리틀 포레스트' 흉내를 내 본다. 달큰한 겨울무가 너무 맛있어서 어묵탕, 대구탕, 북엇국을 해 먹기로 했다. 요리하기 싫은 주간은 갱년기 특식이라 명하고 내가 좋아하는 음식 위주로 준비한다. 30년 가까이 식구들 입맛 위주로 차린

밥상. 갱년기만큼은 내 입맛 위주로 먹으려 한다.

- **영화 한 편, 바람 쐬기**: '룸 넥스트 도어' 또는 '모아나2'. 영화 한 편 보는 게 왜 그렇게 어려울까. 시간 되면 봐야지 하면서 그 시간이란 걸 도통 나에게 내주지 않는 모순. 그러니 다이어리에 확실히 써 넣어야 한다. 무슨 요일 몇 시, 어느 영화관에서 볼 건지. 원고 쓰느라 과부하 직전인 내 머릿속에 좋은 기운을 불어넣고 싶다. 중요한 질문을 품은 영화가 좋을까, 보는 내내 행복할 수 있게 귀여운 모아나를 선택할까. 검색하고 예매 확정 문자를 받기까지의 그 '시간'을 써야만 영화 한 편을 보는 '시간'도 누릴 수 있다. 그래, 상영 기간이 짧은 영화부터 보자. 오케이. _{마감에 쫓겨 미루다가 2주 후에 졸면서 '모아나2'를 봤다.}

- **2025년 '오직 나를 위한 시간' 계획 세우기**: 매일 내가 하는 일의 가치를 평가 절하하며 살았다. 사소하고 잡다한 일이라 치부하며 기록에서 제외하곤 했다. 내 시간의 주체로 사는 건 아주 정교한 훈련이 필요하다는 걸 수년간 다이어리를 공들여 쓰고 강의를 하며 깨달았다. 아침부터 잠들기 전까지 내가 하는 모든 일들을 일주일 정도 기록해 본 적이 있다. 처음부터 끝까지 다 책임져야 하는 프리랜서라 더 꼼꼼하고 철저하게 체크해야 하는 업무들과 매일 해야 하는 자잘한 집안일로 다이어리가 빼곡했다. '생각할 시간', '한 주 계획을 세울 시간' 등을 다이어리에 기입하기 시작했다. 나를 위해 쓸 시간을 놓치지 않고 기회를

주고 싶어서였다. 그러니 2~3시간 간격의 빈칸을 그리고 내가 정말 하고 싶은 것들을 적어 보자. 그리고 그 일을 실행할 구체적인 계획을 세워 보는 거다.

50대로서 30대 후반의 젊은 후배들에게 큰소리치고 싶다.

"걱정 마. 아무튼 50대. 당찬 50대. 갱년기의 힘은 30대부터 축적된 결과야. 하루하루 열심히 성실하게 살아. 그렇게 살아내는 자신을 기특하게 여기며 나아가면 돼."

그때는 다정한 모습으로 얘기하던 나였지만, 50대 중반에 이른 지금은 조금 다른 어조로 얘기해 주고 싶다.

씩씩하게, 당차게, 멋지게. 몸은 좀 약해졌을지 몰라도 50대의 내 영혼은 쌩쌩하다. 그러니 은아 씨 앞에서는 어깨를 활짝 펴고 더 환하게 웃어야지. 자, 30대 동생들이여. 50대 언니가 보여 주겠어! 골골거리는 40대 언니들하고 놀지 말고 당찬 갱년기 언니랑 놀자! (골골거리는 40대 동생들에겐 동병상련의 세상 다정한 언니 모습으로 변신 ^^)

20 50대의 슬픔은 어떤 모습인가요?

선생님과 마주 보고 앉았던 정독도서관 근처 카페가 기억나요. 그때 선생님께서는 제 눈을 지그시 바라보며 제 안에 숨어 있는 슬픔을 알아봐 주셨죠. 그때 직감했어요. 지금 이 순간을 잊을 수 없겠구나. 슬픔을 알아볼 수 있는 선생님께 언젠간 여쭤보고 싶었어요. 50대의 슬픔은 어떤 모습인지.

나이가 들수록 감정이 무뎌질 줄 알았다. 하지만 웬걸, 까르르 숨이 넘어가도록 웃음을 터뜨리는 아이들 못지않게 순전한 기쁨으로 환하게 웃을 때가 있다. 눈물은 또 어떻고. 슬픈 건 슬퍼서 울고, 아름다운 건 벅차서 눈물 나고, 작고 귀엽고 연약한 건 귀해서 울컥한다. 다가오는 이별이 슬퍼서, 지나간 시간이 그리워서 울음을 삼키는 게 아니라 그 모든 것들이 해후하는 모습이 그려져 고마워 운다. 한강 작가의 노벨상 수상 연설에 감동받아 눈물을 흘리다가 비상 계엄 사태 이후의 보도들을 보며 분하고 기가 막혀 운다. 나이 들면 눈물 버튼이 고장나는 겐가. 시도 때도 없이 슬픔으로 출렁이곤 한다. 그런데 이상하다. 슬픔 뒤에 딸려 나오는 감정이 예전 같지 않다. 그래서일까. <오랜 슬픔의 다정한 얼굴>이라는 시집을 처음 본 날부터 슬픔이라는 말을 좋아하기로 했다. 슬픔과 다정함의 단어가 충돌하지 않고 서로를 가만히 끌어안고 있는 모습이 아름다워서. 성은 씨에게 나의 30대 이야기를 들려줘야겠다고 생각했다.

· · · · · · ·

성은 씨는 당당하게 나이 들어가는 내 모습이 멋있어 보인다고 했잖아요. 내가 걸어가는 길을 잘 따라가고 싶다고요. 근데 성은 씨, 고백할 게 있어요. 난 정말 대책 없는 울보 엄마였어요. 첫째 아이는 뱃속에서 양수만큼이나 많은 엄마의 눈물을 느끼며 자랐어요. 그래서일까요. 햇살처럼 환한 웃음을 지닌 아이였지만, 여리고 순해 울기도 많이 울었어요. 아이가 울면 달래다 지쳐 같이 울어 버리는 날들이 많았죠. 아이가 거실에서 잘 놀고 있을 때면 잠시 베란다에 나가 쪼그리고 앉아 도심 풍경을 오래 바라보곤 했지요. 엄마의 등이 울고 있다는 걸 아이는 알고 있었을 거예요. 잘 웃지 않는 엄마. 내 기억 속에 깊이 숨겨진 30대의 내 얼굴은 늘 울기 직전의 표정이에요. 가끔 집정리를 하면서 앨범을 들춰 볼 때가 있잖아요. 내 사진을 보고 깜짝 놀라곤 해요. 신경성 위염을 달고 사느라 그랬는지 삐쩍 마른 몸에 화농성 여드름으로 울긋불긋한 얼굴. 지쳐서 생기 없는 눈동자. 가뜩이나 무표정한 얼굴에 더 어두워 보이는 다크서클. 희미하게 미소는 짓고 있지만, 눈은 웃고 있지 않더라고요. '오랜 슬픔의 피폐한 얼굴'이라고 이름 붙일만한 사진이랍니다.

성은 씨는 영화 <인사이드 아웃> 이야기를 하면서 참 역설적이게도 가장 큰 슬픔은 가장 큰 기쁨과 함께 왔다고 했잖아요. 기쁨이 옆에 슬픔이가 있는 것처럼 처음 엄마가 되어 기쁨으로 충만할 때 슬픔이라는 거대한 파도가 일더라고요. 어슴푸레한 새벽, 메일함을 열고 그 문장을 읽던 순간 내게도 철썩, 슬픔이 밀려드는 것 같았어요.

이제 더 이상 내가 인생의 주인공이 아닌 것 같아 당황스러워 죽겠는데 당연히 엄마는 그런 거라고, 나 빼고 모두가 한목소리로 말하는 것 같았어요. 내가 기대한 모양과 삶의 풍경이 달랐을 때 그렇게 슬픔이 찾아왔습니다.

엄마가 된 30대에 마주했던 슬픔은 외로움, 억울함, 절망이 모여 만들어진 감정이었어요. 그중 외로움이 가장 컸죠.

함께하고 싶어 한 결혼이었는데, 혼자 있을 때보다 더 외로 워진 것 같았어요. 나 혼자 아기를 안고 깜깜한 바다에서 살 겠다고 발버둥 치는 느낌이랄까요. 한 치 앞도 보이지 않아 서 무서운데, 그 막막한 시간을 혼자 보내야 하는 게 더 외 롭고 힘들었어요. 철저히 나 홀로 아이를 감당해야 할 때, 내가 바라던 가족의 풍경을 나 혼자선 도저히 만들 수 없을 때, 그럼에도 어떻게든 혼자서 씩씩하게 해내야 할 때마다 슬픔의 색은 점점 더 짙어졌습니다.

그런데 슬픔이 꼭 나쁘지만은 않았어요. 제가 조금이라 도 강해졌다면 그건 슬픔 덕이었으니까요. 슬픔 때문에 조 금 더 일찍 철이 든 것 같기도 해요. 존재하지 않는 것에 더 는 기대하지 않고 그보다는 내가 할 수 있는 행동, 내가 바 꿀 수 있는 일에 주목하면서 점점 내 안의 슬픔을 다룰 수 있게 된 것 같아요. 내가 대단해서가 아니라 나도 살고 싶어 서, 행복해지고 싶어서 움직였던 몸부림이라고 보는 게 적 당할 것 같네요. 그리고 마지막으로 가장 중요한 것, 제 삶 에 기쁨만 있었다면 주변의 작고 연약한 슬픔을 알아보지 못했을 거예요. 갑자기 드는 생각. 그렇다는 건 선생님도 저 와 비슷한 슬픔의 시기를 보내셨던 걸까요?

선생님, 아이들을 키우는 데 집중하는 이 시기가 지나고 나면 슬픔의 이름도 바뀌게 되나요? 그때도 여전히 외로운지, 아니면 또 다른 모습으로 변하게 되는지 궁금해요. 모든 감정에 심드렁해지는 50대가 되지 않으려면 지금부터 어떤 준비를 하면 좋을까요? 지금보다 더 깊어진 눈으로, 선생님처럼 숨어 있는 슬픔까지 알아보는 사람이 되고 싶어요.

2024년 12월 11일 안성은

성은 씨, 슬픔이가 나이 들면 어떤 모습일까요? 표정이 좀 달라질 것 같지 않나요? 어린 슬픔이는 슬픔을 어쩌지 못하는 얼굴이잖아요. 근데 50대가 된 슬픔이는 나랑 비슷할 거 같지 않아요? 슬픈데 세상 다 무너진 것 같은 표정은 아니고, 막 울다가 성은 씨랑 눈 마주치면 씨익 웃으며 눈물 닦고. 그렁그렁하면서도 희미하게 미소 짓거나 울고 싶어지면 실컷 울고. 성은 씨는 기쁨이 옆에 슬픔이가 있다고 표현했지만, 난 슬픔이 곁에 기쁨이가 착 달라붙어 있는 모습이 그려져요. 그리고 새 친구를 상상해 봤어요. 슬픔이와 기쁨이 사이를 오가며 사부작사부작 귀엽게 굴러다니는 친구. 가끔 뜬금없이 간지럼을 태우거나 그저 가만히 지켜봐 주는 친구. '다정이'라고 부르면 어울릴 거 같지 않아요?

<우리의 영혼은 멈추지 않고>를 쓸 때 품었던 질문이 하나 있어요. '슬픔이 힘이 될 수 있을까?' 그때는 그랬으면 좋겠다는 바람으로 이렇게 썼어요. 어쩌지 못하는 슬픔을 만나면 그냥 끌어안고 오래 등을 쓸어 주어야겠다고요. 그렇게 쓰다듬으며 껴안고 있는 사이 따끔하고 시린 슬픔도 조금은 무뎌지고 미지근해지기를 바라던 마음이었죠. 계절이 여섯 번 바뀌는 동안 난 조금 달라졌어요. 슬픔이란 뭘까 근본적인 질문부터 다시 들여다보았죠. <잃어버린 단어들의 사전>을 성은 씨도 읽었다고 했죠? 그 책을 읽고 나서 버릇이 하나 생겼어요. 가끔 내가 사전 편집자가 된 것처럼 좋아하는 단어나 나를 힘들게 하는 단어의 정의를 내려 보거나 용례를 써 보는 거예요. 30대의 나는 결혼에 대해 이렇게 썼을 거예요.

"외로워서 결혼했는데 더 외로워졌다." 아, 슬프다!

단어는 사회가 변하고 사람들의 인식이 바뀌면 뜻이 달라지기도 하잖아요. 개인의 서사 속에서도 그 의미는 얼마든지 변할 수 있고요. 50대의 내가 결혼에 대해 정의한다면?

"울퉁불퉁한 원 두 개가 떼굴떼굴 같이 굴러다니면서 부드럽고 매끈한 원으로 변신하는 것." 와, 웃기다!

50대의 슬픔은 달라지냐고 물었죠? 글쎄요, 50대의 슬픔은 여전히 진행 중? 달라진 게 있다면 더 자주 찾아오고 더 진하다는 것. 그렇다고 겁먹지는 말아요. 내가 어떻게 정의 내리는가에 따라 달라지기도 하니까요. 결혼의 정의처럼요. 슬픔에 대한 정의를 모으고 있는 지금 가장 마음에 드는 건 이거예요.

"슬픔은 새로운 도약의 자양분"

이젠 슬픔이 힘이 될 수 있다는 걸 믿어요.

성은 씨, 나이 들수록 더 많은 슬픔이 찾아올 거예요. 죽음과 상실을 더 자주 마주해야 할 테고, 애도의 자리를 피해 갈 수도 없을 거예요. 질병의 고통과 마음 아픈 일들은 주기적으로 찾아오겠죠. 감정의 올은 더 촘촘해져서 슬픔이 밀려들면 흠뻑 젖어 너무 무거워질 것 같아요. 그래도 우리, 눈을 크게 뜨고 슬픔 곁에 있는 기쁨을, 슬픔 안에 있는 다정함을 찾아보기로 해요. 슬픔에 무감각해지지 않는 우리, 마땅히 애도해야 할 일에 무뎌지지 않는 우리가 되었으면 좋겠어요. 의연하게 슬픔을 마주하며 묵묵히 슬픔을 감당할 때, 슬픔을 뚫고 솟구치는 기쁨이 있다는 걸 알려준 책이 있어요. 우리 이 책 함께 읽어요. 그리고 부지런히 우리의 마음과 감정에 이름을 지어 주기로 해요.

단어는 당신을 미궁에서 빠져나오게 하는 실과도 같다.
그것은 별 게 아니지만 -너무 가늘어서 잘 보이지도 않지만- 당신이 이미 알고 있는 것들을 당신에게 상기시켜줌으로써 당신이 어둠 속에서 길을 잃었을 때 온 길로 되돌아가게 하기에는 충분하다. 깊은 곳으로 뛰어드는 것은 일종의 기쁨이다. 불가능한 꿈을 좇는 것은 기쁨이다. 무엇이든 느끼는 것은 기쁨이다.

- <슬픔에 이름 붙이기>, 297쪽

★ 이유 없는 슬픔이 밀려들 때 **읽으면 좋은 책**

- 칼 윌슨 베이커 지음, 강수영 옮김, <오랜 슬픔의 다정한 얼굴>, 문학의숲, 2019.
- 존 케닉 지음, 황유원 옮김, <슬픔에 이름 붙이기: 마음의 혼란을 언어의 질서로 꿰매는 감정 사전>, 윌북, 2024.

21 사춘기와 갱년기의 아름다운 동행

사춘기와 갱년기가 싸우면 어떻게 될까? 농담처럼 던지는 말에 웃어넘기곤 했지만 마음은 씁쓸했다.

'아니, 왜 힘든 사람들끼리 싸움을 붙이고 그래…'

'중2병'이라는 말이 한창 유행일 때 어느 글에선가 "왜 우리를 함부로 병자 취급하는 거죠?"라고 일갈하는 학생의 말에 퍼뜩 정신이 든 적도 있다. 말이 지니는 무게감과 영향력이 얼마나 큰지 알기에 부정적인 말일수록 함부로 쓰지 않으려고 노력한다.

변화에 익숙해지는 데 어려움이 따르고, 처음 겪는 감정에 당혹스러운 건 누구나 겪는 일이다. 그 현상이 유독 두드러지는 사춘기와 갱년기는 동지 의식을 가지고 협력해야 할 시기가 아닐까?

지금은 20대를 훌쩍 넘긴 두 아이의 사춘기가 어땠나 돌아

보면 희미한 기억뿐이다. '사춘기는 원래 그래.'라고 치부하며 아이들 마음을 세심히 살피는 데는 게으른 엄마였다. 반항이나 짜증은 사춘기의 일부 현상일 뿐 아이들의 세계는 온통 신비롭고 경이로운 일투성이였을지도 모른다. 문득 '나'라는 존재가 어떻게 생겨났는지 철학적인 질문과 마주하는 순간 스쳐 갔을 뿌듯함. 신체의 일부분이 부풀어 오르고, 몸의 선이 달라지는 기이한 경험. 어려서부터 어울려 놀았던 친구인데 어느 날 갑자기 심장이 쿵 떨어지는 것 같은 감정을 느꼈을 때의 당혹감. 새로운 세계가 구축되는 이 시기를 마땅히 축하하고 기뻐해야 한다는 얘기를 더 많이 들었다면 어땠을까? "너 사춘기구나?"라는 퉁명스러운 말 대신 '어머, 너 이제 더 멋있어지겠구나!'라는 응원의 시선으로 바라본다면, 아이들은 스스로를 좀 더 자랑스러워하며 아껴 주면서 사춘기를 당당하게 통과해 나가지 않을까?

"갱년기인가 봐." 하며 고개를 절레절레 흔드는 모습. 어쩌면 내가 나에게 가장 먼저 못마땅한 표정을 지은 건 아니었는지. 갱년기를 환대하는 분위기를 어디에서도 느끼지 못했다는 것. 은연중에 갱년기를 불청객 취급했다는 걸 글을 쓰면서 알게 됐다. 어느 날인가는 자다가 깨어 문득 떠오른 문구를 적어 놓고 다시 잠들었는데, 휘갈겨 쓴 문구는 '갱년기를 환대할 것!'이었다.

<사춘기 대 갱년기>라는 동화책의 표지는 빨간 바탕에 사
춘기와 갱년기 글자 사이를 번개 표시로 갈라놓았다. 언뜻
보면 대결 구도다. 찌릿, 에어컨 리모콘을 들고 엄마를 노려
보는 딸과 선풍기를 끌어안고 괴로워하는 엄마. 책을 다 읽
고 나서 다시 표지를 살펴보니 번개가 가르고 있는 건 엄마
와 딸이 아니었다. 사춘기와 갱년기를 싸움과 대결 구도로
보게 만드는 '대'라는 글자였다. ㄷ과 ㅐ 사이를 가르는 번개.

"완경은 월경이 완전히 멈추는 것을 말하는 거야. 한 달
에 한 번, 일주일 정도 매달 하던 생리를 이제 아예 안 하는
거지. 엄마는 생리를 안 하면 편할 거라고 생각했거든. 그런
데 생리를 하면서 내가 여자라는 걸, 너를 낳을 수 있는 몸
이라는 걸 온몸으로 경험했는데, 이제 그럴 수 없다고 생각
하니까 슬픈 거야. 한없이."

— <사춘기 대 갱년기>, 136쪽

엄마가 산부인과에 다니는 걸 임신으로 오해했던 루나는
엄마의 설명을 듣고 다른 시선으로 엄마를 바라보기 시작한
다. 사춘기든 갱년기든 인생의 중요한 전환기를 맞는 이에게

가장 도움이 되는 일은 무엇일까? 아마도 처음 겪는 일에 당황하지 않도록 친절하게 설명해 주고, 잘 헤쳐 나갈 수 있도록 안내하는 것 아닐까? 그럴 때 속 깊은 대화를 나눌 수 있는 대상이 있다는 건 얼마나 큰 복인지.

"엄마도 갱년기가 처음이고 나도 사춘기가 처음이잖아. 그러니까 당연히 서툴 수밖에 없는 거 아냐?"

힘든 속내를 털어놓은 대화 끝에 루나가 한 말이다. 루나는 엄마와 자신이 겪어온 시행착오가 '나를 여자로 만들어 가고 있는 호르몬'과 '엄마를 여성으로부터 멀어지게 하는 호르몬' 때문인 걸 알게 된다.

"사춘기는 자기 자신이 누구인지 찾아가는 시기잖아. 갱년기는 자기 자신에게 엄마 노릇을 시작하는 시기래."

루나는 자신에게는 엄마가 엄마인데, 엄마는 자기가 자신의 엄마가 되어야 한다는 말에 슬프면서도 애틋함을 느낀다. 루나 엄마는 기왕 넘어야 할 갱년기라면 행복하게 보내겠다고 다짐한다.

'엄마 노릇'이란 과연 무엇인지, 엄마를 그저 돌봄 노동의 대명사로 바라보는 건 아닌지 점검할 필요는 있다. 사춘기든 갱년기든 스스로를 돌볼 수 있는 힘을 기르고, 누구보다도 '나' 자신과 가장 친하게 지내야 하는 시기이기 때문이다.

루나는 가족이라는 이유로 엄마를 배려하지 않고, 엄마가 해 주는 게 당연하다고 생각했던 마음을 버리겠다는 다짐을 하며 사춘기답게 성장하는 모습을 보여 준다. 루나의 엄마도 이어달리기 시합에서 끝까지 포기하지 않고 달리는 루나의 모습을 보며 '끝날 때까지 끝난 게 아니라는 용기'를 얻는다.

사춘기 자녀와 갱년기 부모가 같은 시기를 보내야 할 때는 협조가 절실하다. 불안하고 우울하고 아프고 짜증나는 순간들이 얽혀 파바박 불꽃 튀기며 부딪힐 때도 많겠지만, 서로를 향한 동지애를 발휘하면 좋겠다. 사춘기 대 갱년기가 아니라 사춘기와 갱년기의 콜라보. 둘이 힘을 합쳐 폴짝 한 단계 도약하는 시기로 삼는 거다. 그러니 일단 두 손 마주 잡고 협약을 맺어 보자. 구체적인 방안을 마련해 각자 취약한 부분을 보완해 주는 모습, 열렬히 응원해 주고 싶다.

루나와 엄마는 서로 도우면서 현명하게 '네 사춘기와 엄마의 갱년기 호르몬의 밸런스를 맞춰 보자.'고 의기투합한다. 얼마 후 초경을 시작한 루나. 엄마의 완경 파티와 루나의 초경 파티로 사춘기와 갱년기의 동지애는 더욱 깊어지고, 루나의 첫사랑이 시작되면서 이야기는 끝을 맺는다. 이제는 사춘기와 갱년기를 대결 구도로 몰아가는 이야기들, 누가 더 지랄맞냐는 둥, 누가 더 세다는 둥 온갖 부정적인 이야기를 하는 분위기면 삐이~ 호루라기를 불고, "잠깐만요!" 하며 나서 보려 한다.

"저기요? 싸움 부추기지 마시고 루나 이야기 좀 들어 보시죠?"

★ 사춘기 & 갱년기의 아름다운 협약이 필요할 때 읽으면 좋은 책

• 제성은 글, 이승연 그림, <사춘기 대 갱년기>, 개암나무, 2020.

22 갱년기 언니들은 무슨 얘기 나눠요?

어떤 모임을 그만두기까지 오래 끙끙댄 적이 있다. 십여 년 전의 일이다. 언니 동생 하며 친밀하게 지내는 4인방. 30대 후반에서 40대 중반의 나이가 고루 섞인 모임이었다. 1차는 점심 식사. 웃고 떠들며 즐겁게 밥을 먹고 자리를 옮겨 2차 커피 타임. 때로 근교 나들이를 갈 때면 5~6시간은 거뜬히 수다를 떨었다. 모임이 거듭될수록 마음이 불편해지기 시작했다. 2시간 정도 지나면 할 말이 없어진다는 것. 그 자리에 있는 우리 얘기가 아닌 다른 사람 이야기로 열을 올리는 게 한없이 피곤했다. 개별적으로는 속 깊은 이야기를 나누며 정을 쌓은 사람들이었다. 왜 모이면 잠깐 즐겁다가 얼른 일어나고 싶어지는 건지. 다들 좋아하는 사이인데도 그런 마음이 들면 죄책감에 시달렸다. 모임을 그만두겠다고 결심한 날, 용기를 내어 말했다.

"언니, 그 사람 사랑해?"

"아~~~니 내가 왜?"

"근데 왜 그렇게 그분 얘기를 열심히 하는 건데?"

나는 진심으로 궁금했다. 싫어하고 미워하는 감정도 관심과 마음이 없으면 안 생기는 거 아닌가. 뜨악하게 나를 바라보던 표정을 잊을 수가 없다. 나는 자리에서 일어나 웃으면서 말했다.

"오늘은 먼저 일어설게요. 근데 내가 가면 다음 이야기의 주인공은 내가 되는 거죠?"

그날 저녁, 모임을 그만두겠다는 말과 함께 그동안 고마웠다는 인사를 하고 단톡방을 나왔다. 그리고 모두에게 개별 메시지를 보냈다. 일대일로 마무리 인사를 잘 나눴다고 생각했지만, 그 이후로는 관계가 소원해졌고, 이사를 오면서 더 이상 만나지 않았다. 그때부터 모임을 정리하기 시작했고, 한동안 외톨이가 되었다.

또 다른 모임 이야기. 오전 11시 30분에 만나 점심을 먹는다. 밥을 먹으면서도 대화가 멈추지 않는다. 길게는 3개월 만에 만나는 모임이라 근황 이야기부터 돌아가며 한다. 직장에서 관계의 어려움을 어떻게 헤쳐 나가고 있는지, 오랜 친구들과의 관계가 새로운 국면에 접어들었는데, 마음앓이를 하며 배운 게 뭔지 이야기한다. 지금 하고 있는 일이 얼마나 진척되고 있는지, 무엇을 목표로 하고 있는지 보고하는 마음으로 이야기하고 경청한다. 얼마나 속상했는지, 그 사람이 어땠는지 등은 생략하고, 그다음 이야기를 한다. 속상한 자신을 어떻게 달랬는지 방법을 알려준다. 문제가 어디서 기인한 것인지 살펴보고 어떤 방식으로 해결하려고 애썼는지를 들려준다. 우정은 불변하리라 철석같이 믿었던 관계에 미세한 균열이 생기고, 관계가 재정립되기까지의 과정 속에서 건져 올린 혜안. 나는 거저 주워들으며 교훈을 새긴다. 서로를 배려하는 마음이 단단히 스며들어 상대방의 시간을 함부로 쓰지 않겠다는 마음가짐으로 대화하는 사람들. 그 사람 얼마나 이상한지 몰라, 그 친구 행동을 도무지 이해할 수가 없어, 일이 안 풀려서 괴로워 죽겠어… 이렇게 시작되는 이야기가 제자리를 맴돌다 결국 누가 더 힘들고 괴로운지 불행담 배틀로 이어지는 자리에는 더 이상 앉아 있고 싶지 않다.

　정치 이야기를 나눌 때는 신뢰할 만한 채널에서 보고 들은 내용을 토대로 나의 의견을 보태는 연습을 한다. 가족들과 부대끼며 지내는 동안 쌓인 불만과 서운함을 토로하더라도 거듭 부딪치는 문제의 본질을 들여다보는 쪽으로 나아간다. 아무리 애써도 달라지지 않는 부분은 깨끗하게 단념하고 함께 대안을 찾기도 한다. 어떤 상황에서도 존중하는 태도를 잃지 말고 우리 자신부터 잘 돌아보자는 이야기로 마무리. 오랜 시간 공들여 쌓아온 인품을 스스로 무너뜨리지 말자는 다짐도 빼놓지 않는다.

서로에게 좋은 질문을 건네는 모임. 오래 꿈꿔 왔다. 공들여 매만진 생각을 풀어내며 가지런히 정리할 기회. 힘들게 내린 결론에 확신이 필요할 때, 씁쓸한 마음을 추스를 온기 있는 말 한마디가 필요할 때, 나는 50대 언니들을 떠올린다. 조언을 구하기 위해 나의 언어부터 가다듬는다. 모호하거나 추상적인 표현은 걷어 내고, 구체적인 질문을 들고 만나러 간다. 스스로 해답을 찾고, 무해한 조언과 응원을 가슴에 가득 품고 헤어진다.

"그만두기에는 그동안 애쓴 시간이 너무 아까운데요? 그 결정이 최선일까요?"

"이 문제가 어디로부터 기인한 걸까 생각해 보면서 원인을 찾아냈어요. 이제 나의 선택만 남아 있어요."

"연차까지 내며 대학원 공부를 하는 게 힘들지만, 이제야 내가 정말 하고 싶었던 공부를 하는 기쁨이 있어요. 시간과 돈을 내게 할애하기 어려웠고, 늘 가족을 위해 양보했지만, 늦게라도 나를 위한 선택을 했다는 게 의미가 커요."

"잠을 못 자서 약을 먹고 있지만, 내 몸에 대해 면밀하게 관찰하며 잘 돌보고 있다는 걸 생각하면 마음이 놓여요. 달리기를 할 때 어느 순간 기분 좋아지는 지점러너스 하이에 이를 때가 있어요. 그때부터는 힘이 안 들고 숨도 안 차서 그냥 쭉 달릴 수 있는 경지까지 오른 느낌이랄까요. 가쁜 호흡이 잦아들고 심장 박동이 느려지며 안정감을 느껴요."

"딸에게 엄마가 행복하게 사는 걸 보여주고 싶어요. 여러 가지 우여곡절과 힘든 시기를 지나왔지만, 지금은 나랑 화해하고 아주 잘 지내고 있다, 엄마는 행복을 추구하며 살고 있으니, 너도 행복했으면 좋겠다고 얘기해 주곤 해요."

"딸이 문제를 해결하는 방법이 너무 지혜롭네요. 선생님이 얼마나 딸을 지지하고 믿어 주시는지 느껴져요."

"아들의 연애를 지켜보면서 간곡한 마음으로 얘기하곤 해요. 엄마는 반쪽 원끼리 만나 하나의 원을 완성하는 게 사랑이라고 잘못 생각했던 것 같다고요. 너는 너대로 너만의 세계를 단단하고 풍요롭게 구축하며 원을 완성해 가라고 했어요. 상대방도 자기만의 원을 갖고 있어야 된다고 했고요. 두 원이 겹치는 교집합이 다양한 형태였으면 좋겠어요. 각자의 세계를 존중하며 살짝 겹치는 시간도 필요하고, 때로 완전히 겹쳐 충만한 순간도 있었으면 좋겠고요. 각자 떨어져 있어도 자기 자신으로 잘 지내는 것. 저는 아들이 그런 연애를 하면 좋겠어요."

갱년기는 메타인지가 활성화되는 시기라는 은주 선생님 말에 깊이 공감했다. 달리기의 매력에 흠뻑 빠진 애라 선생님이 몸의 변화와 정신과의 관계에 대해 면밀하게 관찰하고 있다는 이야기를 하며 30대일 때 사진과 지금의 사진을 함께 보여주셨을 때 모두가 놀라며 환하게 웃었다. 아니 이럴 수가, 30대보다 지금이 훨씬 젊고 예쁘시잖아요!!!

50대 후반을 향해 달려가는 지금의 내가 너무 좋다는, 세상 멋진 나의 50대 언니들의 모습을 보며 가슴이 벅찼다. 아, 진짜 이 언니들 너무 멋있어!

50대 중후반 우리의 갱년기는 얼마나 지나왔고 어느 정도 남았을까? 길게는 10년을 잡는 갱년기를 그저 참거나 버티며 흘려보내지 않겠다. 예전 같지 않은 컨디션에 때로 낙담하더라도 지금까지 나를 위해 애쓰고 있는 몸을 극진히 대접하겠다. 이제 곧 갱년기의 기나긴 여정 속으로 발걸음을 내딛는 후배들에게 50대 언니들을 불러모아 응원단이라도 꾸리고 싶다. 출발선에 있는 후배들에게 응원술을 흔들며 이렇게 외치는 상상을 한다.

"매일 자기랑 수다를 떨며 친하게 지내야 해! 지금 내 마음 상태가 어떤지 자주 물어봐. 그리고 구체적으로 표현하는 연습을 하고. 아구구 아파 죽겠네, 이러지만 말고 어디가 어떻게 아픈지, 무슨 도움이 필요한지 말을 하라고 말을! 몸의 소리에 귀를 기울여서 잘 해석하는 기술이 필요해!"

"오늘은 한 바퀴 더 달려 보겠어? 오케이, 네가 원하면 그렇게 해. 의미 없는 목표에 매진하느라 헉헉대진 말고!"

"요가 동작 하나쯤 완성하지 못하면 어때? 다치지 않는 게 더 중요해. 그래야 더 오래 할 수 있으니까."

"너무 배려하고 신경 쓰느라 위를 혹사시키지 말란 말이야! 매끄러운 분홍색 위벽이 벌개지고 있다고! 헬리코박터보다 더 무서운 경우 없는 사람의 행동부터 막아 보자구!"

50대의 통찰력은 얼마나 귀한가. 공부를 많이 하고, 책을 많이 읽고, 나이를 더 먹었다고 저절로 생기는 건 아닐 것이다. 스스로에게 질문하기를 게을리하지 않는 사람, 자신이 옳다고 확신하는 것에 대해 의문을 품고 성찰하는 사람, 타인의 이야기를 귀담아듣는 사람, 어떤 일이든 이건 뭘까 스스로 정의 내리고 본질을 들여다보려고 애쓰는 사람, 어떤 문제에 대해 명확하게 규정하고 결정하며 분별하는 안목을 지닌 사람, 나이 들수록 이런 태도가 중요하다는 걸 인정하는 사람, 지혜로운 사람을 찾아다니는 사람, 실패와 실수 속에서도 배울 게 있다고 믿는 사람, 경험치를 만들어 차곡차곡 축적하는 사람, 그리고 자신이 그럴 수 있다고 믿는 마음. 문득 이런 믿음 자체가 엄청난 힘이라는 생각이 든다.

갱년기의 건강한 담론이 펼쳐지는 장을 꿈꾸는 나는, 내가 자리한 곳에서 중요한 질문이 피어나길 바란다. 내가 만나는 사람들에게 공들여 준비한 질문을 내어놓고 싶다. 그 질문에 딸려 나오는 실제 경험에서 건져 올린 해법들. 인생의 난제 앞에 고꾸라질 때마다 붙들고 일어설 힘 있는 말들을 받아 적어 차곡차곡 모아 두려 한다.

"갱년기 언니들은 무슨 얘기 나눠요?"
갱년기 언니들에게 앓는 소리만 들어봤다는 후배들에게 들려줄 지혜로운 말들. 다음 모임의 화두는 무엇이 될까? 헤어지기 전 다음 약속을 정하고 돌아서는 길, 의기투합해 겨울 여행을 가기로 했다. 50대 세 여자의 여행은 또 얼마나 재미있을까?

23 언니는 좋겠다, 나이 들어도 할 수 있는 일이 있잖아

취미로 시작한 그림 그리기를 10년 동안 꾸준히 하면 어떤 일이 벌어질까? 화가로 명성 얻기? 전시회를 하거나 그림 수업을 하며 사람들과 활발하게 교류하기? 실력을 더 쌓기 위해 미대 등의 교육 기관에서 공부하기? 욕망 덩어리인 나는 목표부터 정하고 달려들거나 뭘 하든 결과나 성과에 연연하며 조급증을 내던 사람이었다. 이제는 세상이 내 뜻대로 돌아가지도 않을뿐더러 아무리 노력해도 안 되는 게 있다는 걸 잘 안다. 나이 들어갈수록 체념하는 일이 많아졌지만, 호기심에 시작했다가 순전한 기쁨을 누리는 일도 있다. 그림 그리는 일이 그렇다.

미술 시간을 좋아하지 않았다. 4B 연필과 백지. 내겐 백색 공포였다. 거침없이 종이 위를 누비는 손들을 얼마나 흠모했던가. 마흔 후반에야 내가 그림 그리는 걸 꽤 좋아한다는 걸 알게 되었다.

'운동을 하겠어!' 결심할 때마다 장비부터 욕심내는 남편을 흘겨보곤 했다. 30만 원 넘는 철봉은 예상대로 옷걸이로 전락했다가 '당근' 매물로 넘겨졌다. 트레킹화, 운동화, 아령, 디지털 줄넘기도 뽀얀 먼지를 뒤집어쓴 채 주인이 불러 주기만 기다리는 처지다. 나라고 다를까. 지인이 오일 파스텔로 그린 바다 그림에 심장이 벌렁거려 목재함에 담긴 72색 오일 파스텔을 샀다. 수채화 수업을 기웃거린 날은 인터넷 쇼핑몰 장바구니에 물감, 붓, 스케치북을 욕심껏 담았다. 금세 십만 원이 넘어 결제를 포기하고 수채화 안내서부터 샀다. 운 좋게 이벤트에 당첨, 수채화 도구를 공짜로 받은 날은 의기양양하게 나무 그림을 그려댔다. 어느 날인가는 멀쩡한 36색 색연필을 놔두고 파스텔톤 색연필이 들어 있는 150색 색연필 세트에 홀려 살 뻔했다. 장비발에 열을 올리는 건 남편보다 더한 듯!

　덜컥 그림 수업을 신청했다. 64매 드로잉북 한 권을 4주에 걸쳐 채우는 '드로잉북 완성 워크숍'이다. 여느 때 같으면 '와, 부럽다!' 하고 넘겼을 소식에 딱 5분 고민하고 신청 버튼을 눌렀다. 좋아하는 북카페 '라비브북스'에서 휘리 작가님께 그림 배울 기회를 놓칠 순 없지. 결정적인 이유가 한 가지 더 있었다. 미루글방에서 함께 글을 쓰는 선정 선생님의 100

일 드로잉 챌린지를 관심 있게 지켜보던 중이었는데, 10년 동안 그저 좋아하는 마음으로 그림 그리는 모습에 감화된 상태였다. 첫 시간, 기다랗게 깎은 2B 연필을 비스듬히 누이고 드로잉북 첫 장에 선을 긋는 순간, 기뻤다.

'와, 나 드로잉 시작했어!'

수업 첫날. 5단계의 농도로 그려 보기, 10초 안에 사물 그리기, 30초 동안 그리기, 1분 동안 그리기, 손을 한 번도 떼지 않고 그리기, 종이 보지 않고 그리기, 공간 그리기, 나무 관찰하고 그리기…. 순식간에 무려 10장을 그렸다. 백지 공포를 단숨에 내려놓고 재밌게 그림을 그릴 수 있었던 건 두려움을 덜어주고 싶은 작가님의 마음과 함께한 분들의 밝디밝은 표정 덕분이었다. '그림 배우고 싶어요! 그림 좋아해요! 잘 그려보고 싶어요!'라고 말하는 듯한 반짝이는 눈들과 마주칠 때마다 기대감이 솟으며 용기가 생겼다. 화기애애한 분위기와 고아한 책방 분위기, 각자의 손끝에서 태어나는 그림들. 좋다, 소리가 절로 나왔다.

틀린 선을 두려워하지 말고, 정해진 선을 의식하지 말고, 자유롭게 그려 보기. 무엇보다 잘못 그린 나를 미워하지 말기. 휘리 작가님의 말에 용기를 얻어 열심히 그렸다. 구도가 엉망인 우스꽝스러운 그림이어도 창피하지 않았다. 그렸다는 자체만으로 신기하고 뿌듯했을 뿐. 나는 드로잉을 시작하며 2B 연필과 사랑에 빠진 여자! 그것만으로도 이미 벅차고 행복했다.

"선정 선생님, 저랑 그림 이야기 함께 써 보실래요?"

그림을 그리며 터득한 지혜가 글을 쓰는 원리와 맞닿아 있다는 걸 발견하며 한창 글쓰기의 재미에 빠져 있던 우리. 신나는 작업이 시작되었다. 다이어리에 색연필로 스웨터와 치마, 카디건 등을 그린 적이 있다.

"선생님, 이 그림 너무 문학적이에요! 동화책의 한 장면 같아요. 그림 속에 이야기가 담겨있는 듯 선생님처럼 따뜻해요." 초보티가 팍팍 나는 그림을 보고 세심하게 칭찬을 해 준 선정 선생님. 재미가 들린 나는 그림만 그렸다 하면 자랑을 했다.

"샘! 저 자전거 잘 그렸죠! 하하하하"

"동양화 수묵화 같아요! 놀라워요, 선생님!"

"으하하하 제가 자전거를 그리다니 믿기지가 않아요. 붓펜으로 그렸어요."

"그림이라는 건 역시 묘사보다는 느낌과 대상과의 교감이 가장 필요한 것 같아요! 너무 멋진 수묵화 삽화네요~"

"그러고 보니 자전거야 잘 부탁해, 하는 마음으로 그린 거 같아요."

　"저도 요즘 매일 노트에 조각 글을 쓰고 있답니다. 나중에 노트 갖고 가서 보여 드릴게요."

　각자 쓴 글을 들고 만난 첫날. 카페의 통창 너머로 파아란 가을 하늘이 펼쳐져 있었다. 출력해 온 글을 나지막한 목소리로 낭독하는 순간, 묘한 쾌감이 훑고 지나갔다. 창조성이 주는 희열이었을까. 뻐근한 어깨와 침침한 눈, 취약한 몸 상태를 의식하면 열정이 사그라들지만, 새롭게 피어나는 마음도 있다. 우리가 좋아하는 대상을 정성스럽게 그리며 누리는 기쁨을 글로 표현할 때 환해지는 마음. 단어와 문장들을 조합하고 가다듬는 과정과 선을 그리거나 색을 칠하며 공들이는 과정에서 느끼는 순전한 기쁨 같은 것.

　갱년기에 불현듯 찾아오는 상실감을 창의적 활동으로 극복한 사례는 얼마든지 찾아볼 수 있다. 취미 생활을 본격적으로 시작하거나, 미뤄 두었던 공부에 매진하거나, 한 번도 해 보지 않은 일에 도전하는 사람들의 이야기는 넘쳐난다. 수강료가 비싸 망설이던 복싱을 시작했다는 은미 씨, 벼르던 대학원에 진학한 경희 선생님과 명옥 선생님, 훌라춤에 도전한 수현 선생님….

나는 아직 뚜렷한 취미를 찾지 못한 지인들에게 글쓰기부터 도전해 보라고 권한다. 백지 상태에서 시작하지만 분명한 존재감으로 드러나는 멋진 문장들을 만나 보라고. 나의 서사가 문장으로 기록되는 과정을 지켜보는 보람도 맛보라고 말이다. 나를 증명하는 글들이 차곡차곡 쌓여가는 경이로운 경험을 나 혼자만 누리고 싶지는 않다. 여성으로서의 창조성을 드높이는 데 글쓰기만 한 게 없다고 확신한다.

그림 이야기를 쓰다 보면 자연스레 지나온 삶을 성찰하게 되는데, '망친 그림을 만회하는 법'에 대해 쓰던 날도 그랬다. 그림 그리다 망치면 바로 구겨 버리거나 아예 새 종이에 그리던 내가 망친 그림을 활용해 다른 걸 그려 봤는데, 그림이 예쁘다는 칭찬을 들었다는 에피소드. 뜻대로 안 풀리는 일 앞에서 절망하거나 내 맘 같지 않은 사람들 속에서 낙망할 때, 그림을 그리는 것도 괜찮겠다는 내용이 이어졌다.

나에 대한 실망과 회의로 헤맬 때 그림을 그리면 어떨까? 망친 그림을 손에서 놓지 않고 결국 실수를 만회한 그림으로 바꿔 놓을 때, 어쩌면 인생의 많은 난관과 실수도 그렇게 바로잡고 회복할 수 있다는 걸 깨닫게 될 테니까. 어머, 그림을 배우러 갔는데 인생을 배운 거였네!

뭐든 안 그럴까. 나를 둘러싼 자연은 순리에 맞게 살아가는 법을 가르쳐 주고, 만나는 모든 이들은 사람답게 사는 법을 알려주고, 경험하는 모든 일들은 살아가는 원리를 알려준다. 선정 선생님의 글에도 비슷한 고백이 많았다. 그림에서 배운 삶의 지혜를 빼곡하게 담은 글은 50대의 삶 속에 예술적 영감이 스며들 때 일상이 얼마나 풍요로워지는지를 보여준다.

계속 그리며 살아갈래요.

김선정

여고 시절, 친구네 집에 걸린 그림을 보며 '나도 대학교에 가면 꼭 저런 그림을 그려야지.'라고 마음먹은 적이 있었다. 보랏빛 바탕에 하얀 꽃들이 가지런히 피어 있는 그림. 살면서 그 그림이 종종 생각났지만, 현실은 녹록지 않았다. 막연히 '언젠가는 그림을 그리고 살 거야.'라며 호시탐탐 기회를 엿보기만 했다. 그 후 세월이 흘러 삶의 전환점이 찾아온 시기, 나는 그림을 그리기로 마음먹었다.

그림을 그리기 시작한 지 10년 조금 넘는 시간이 흘렀다. 10년 이상 하고 있지만 여전히 설렌다. 그리는 동안은 나와 만날 수 있는 시간이다. 혼자 그림을 그리면 틀려도 괜찮고 실수해도 된다는 여지를 선물받는다. 내 주변의 것들을 세심하게 들여다볼 때 표현되는 결과물이 그림이다. 자신을 만나고, 주변을 이해하기 위해 애쓰며, 세상의 이치를 배워가는 시간. 이보다 더 좋은 게 있을까? 드로잉북에 쌓여 가는 그림과 글, 손으로 꾹꾹 눌러쓴 기록을 바라보는 것이 좋다. 마치 나의 분신처럼 느껴진다. 무엇보다 나는, 이런 나를 좋아한다. 책상 앞에 앉아 그림을 그리고 그림일기를 쓰며 일상을 기록하는 나. 가장 좋아하는 내 모습이다. 이렇게 충일한 감정을 맛보는 시간이 살면서 얼마나 될까 싶다.

그림을 그리면서 소위 재능이라는 것에 대해 생각하게 된다. 그림에 관심을 갖는 이들에게 함께 그리자고 권하면, 재능이 없다며 손사래를 치곤 한다. 그럴 때마다 그림을 배우던 시절, 그림 선생님의 말씀을 떠올린다. '그리고 싶어 하는 마음'이야말로 가장 막강한 재능이라는 것. 그 이후로 나는 무언가를 사랑하는 마음, 하고 싶은 마음, 할 수 있다고 여기며 즐기는 마음, 설레는 마음, 헤아리며 생각하는 마음을 재능의 한 부분이라고 믿었다. 타고난 소질을 간과할 수는 없겠지만, 이러한 마음 또한 무시할 수 없는 재능이라고 여기며 그림을 그린다. 나에게 주어진 '재능'에 감사하면서.

그림을 그리고 나면 뭔가 쓰고 싶어진다. 나에게 글을 쓰기 가장 수월한 시간은 그림 그리는 시간이다. 그림 그리던 손이 관성의 힘으로 무언가를 쓰게 한다. 그림이 글을 불러내는 것 같다. 그렇게 무작정 그리고 쓰는 일을 좋아하면서 어느새 10년이란 세월을 건넜다. 얼마 전부터 그림을 그리면서 쌓아놓은 이야기들을 하나둘씩 풀어내고 있다. 이제 막 그림에 재미를 붙인 글방 선생님과 글쓰기에 매료된 내가 같이 쓴다. 열망하는 일을 함께 나눈다는 건 얼마나 좋은 일인지. 설렘이 주는 에너지가 보인다. 그림이라는 공통 관심사는 서로의 경험에 의해 다채롭게 변주된다. 우리는 서로의 이야기에 빠져들고 마침내 이야기는 하나로 모아진다. '그림을 그리며 살 수 있다는 게 너무 좋아요.' 좋은 걸 좋다고 말하는 것, 그것에 대해 함께 나눌 수 있다는 게 참 좋다. 그림이 좋아 그림을 그리고, 그것을 기억하고 싶어 글을 쓰면서 내 삶의 주인공은 바로 '나'라는 걸 알아간다.

며칠 전 동생과 만났다. 나이 들어 가는 얘기에 한참 몰두하고 있을 때 동생이 대뜸 나에게 말했다.

"좋겠다, 언니는. 나이 들어 다리 아파도 할 수 있는 일이 있잖아. 앉아서 그림 그리고 글 쓰고. 아이템을 진짜 잘 정했어."

그 말을 하며 같이 웃었다. 그런데 듣고 보니 진짜 그렇다. 나이 들어서까지 할 수 있는 일을 확보해 두다니, 큰 보물을 얻은 기분이다. 지나온 10년의 시간처럼, 다가올 10년의 시간 속에서도 좋아하는 그림을 그리고 글을 쓰며 고유한 모습으로 정중앙에 서 있는 '나'를 만날 수 있다면 좋겠다. 지금껏 해 왔듯이, 계속 그렇게 나만의 그림일기를 만들어 가고 싶다.

글을 읽고 나도 환하게 웃었다. 나는 그림과 아주 친분이 두터운 선생님과 친구니까 그림이랑도 쉽게 친해질 수 있겠다는 생각에 어깨가 들썩, 신이 났다.

드로잉 수업 3주차 과제 중 하나로 화분을 그린 적이 있다. 나무 한 그루를 뚝딱 그리는 건 별로 어렵지 않았다. 그런데 수업을 들으며 그동안 관념 속의 나무를 그리고 있었다는 걸 알게 되었다. 내 맘대로 둥글거나 길쭉한 수형을 그리고 갈색 기둥에 초록 이파리를 무성하게 그려 넣고는 나무를 그렸다고 으쓱했더랬다. 그러다 눈앞에 놓인 안경 하나도 제대로 그리지 못해 쩔쩔매는 내 모습을 보고, 그동안 얼마나 게으르게 그림을 그린 건지 깨달았다. 무성의한 시선에, 제대로 관찰도 하지 않고 그린 그림들. 야외에서 직접 풍경화를 그리다가 나무에게 한없이 미안해졌다. 세밀화를 그리는 게 아니어도 자세하게 관찰하고 성의를 다해 표현하려 힘쓰는 것. 그림을 그리는 건 삶을 대하는 자세와 비슷했다.

　잘해 보려고 온갖 애를 써도 실제 삶은 노력한 만큼 나아지고 있다는 느낌이 들지 않는다. 그런데 그림은 공을 들이는 만큼 괜찮아진다. 내 정성과 노력이 또렷이 드러난다. 사는 것도 그랬으면 좋겠다. 한 획을 더 그어 보고, 조심스레 덧칠하는 동안 처음보다는 확실히 좋아지는 그림처럼, 사는 것도 순간순간 공들이는 만큼 나아졌으면 좋겠다. 겉으로 뚜렷이 드러나는 삶의 성과가 없어도, 치열하게 노력한 시간에 비해 별반 나아지는 게 없어도, 예전처럼 실망하지 말아야겠다. 마음을 다하고 정성을 기울인 일들이 그림처럼 선명하게 드러나지는 않겠지만, 내면의 풍경은 썩 괜찮은 그림으로 변모하고 있을지도 모를 테니 말이다. 화분 그림을 다 그리고 눈앞에 놓인 화분과 그림을 번갈아 쳐다보았다. 그림 속에 애쓴 내가 스며 있었다. 마음이 쑥 자란 것 같았다.

요즘 나의 몸은 조금 더 쇠약해지고 여기저기 퇴화한 걸 실감한다. 그럼에도 때때로 나의 영혼은 환희에 차 질주한다. 오, 순전한 기쁨을 주는 그림의 세계.

2024년 크리스마스 무렵 장비 하나를 또 장만했다. 수채화 색연필이다. 열두 자루에 44,000원. 헉 소리 나오게 비싼 이 색연필을 나에게 사주는 데 2년 걸렸다. 망설인 시간이 아깝다. 이렇게 좋아할 건데. 이 정도 선물은 받을 자격이 충분한데. 갱년기에 진입하는 후배들에게 말해 줘야겠다. 폐경 기념으로 몇 년 생리대값 계산해 비싼 선물 하나 자기에게 사주라고. 색연필을 사면서 두 번째 드로잉북도 샀다. 64매 첫 드로잉북을 다 채우면 자랑하기로 했는데, 이번에는 어떤 칭찬을 해 주실까!

24 갱년기의 무해한 우정

    10년 가까이 독서 모임을 운영하다 보니 많은 사람들과 인연을 맺으며 살아간다. 함께 책을 읽는 이들을 '책벗'이라 부르며 친하게 지낸다. 기존 관계에서는 맛보지 못했던 책으로 소통하는 즐거움과 책을 읽으며 함께 성장하는 기쁨을 누린다. '글벗'이라 불리는 이들도 있다. 글을 통해 내밀한 이야기를 공유하는 관계인 만큼 속정이 깊다. 어릴 적 친구, 동창, 이웃 친구와는 다른 우정. 책을 매개로 이야기를 나누니 함부로 서로의 영역을 넘지 않기 위해 노력하는 관계라 좋다. 지속적인 모임을 하다 보면 경청하고 존중하는 태도가 몸에 배어 어떤 이야기를 꺼내도 안전하다고 느낀다.

    친하니까 쉽게 얘기하고, 편하다고 함부로 말을 하는 사이. 친구여서 마냥 좋지만, 그래서 더 쉽게 상처 입히는 우정. 내 감정도 제대로 조절하지 못해 힘들었던 어린 시절, 친한 두 친구와 삐져서 눈 흘기고, 이불 뒤집어 쓰고 울고, 세상 무너진 것처럼 한숨 쉬며 괴로워하던 모습이 떠오른다. 삼총사라 불리던 고등학교 때 친구들과도 균등하게 배분되지 않는 마음 때문에 얼마나 마음고생을 했는지. 질투하고 오해하고 서운해하는 일들로 신경이 곤두서서 셋이서 붙어 다녀야 속 편했던 경험. 혼자 있고 싶지만 혼자인 건 불안했던 날들.

어른이 되어선 괜찮았던가. 학원 강사 시절 내가 가르치고 싶은 방식을 고수하다 원장 선생님과 갈등을 겪을 때, 동료 교사들의 미묘한 태도에 힘들었던 적도 있다. 아이들 키우면서는 애들 싸움만큼이나 유치하게 이웃 엄마들과의 감정 싸움에 휘말리기도 했다. 거의 매일 만나 수다를 떨고 함께 어울려 다니긴 했어도 절친한 관계라고 느끼기엔 뭔가 허전했다.

철들고 난 후 마음이 괴로웠던 때를 돌아보니 대부분 지나치게 감정 소모를 하며 관계의 밀도를 따졌던 것 같다. 잘 지내다가도 틀어지는 부부 사이, 때때로 으르렁대며 싸우는 아이들과의 관계. 아, 지긋지긋해. 차라리 혼자 있자. 외로워 말라비틀어지더라도 복잡하고 골치 아픈 관계로부터 떨어져 나와 고요히 혼자 있고 싶은 마음, 나만 그럴까?

혼자 글을 쓰는 일을 제외하곤 대부분 사람 만나는 일을 한다. 모임을 열면 아는 사람이 반, 모르는 사람이 반 정도 참여한다. 도서관 강의에서 만나는 사람들은 대부분 처음 만나는 사람들이다. 일을 하는 동안 알게 된 사실이 있다. 일명 9대1 법칙. 열 명이 모이면 그중 아홉 명은 나에게 호감이 있는 사람, 한 명은 나를 훈련시키는 귀인이다. 취향도 기질도 방식도 제각각인 사람들이 한자리에 둘러앉아 모임을 한다는 건 보통 일이 아니다. 각자 생각하는 상식의 기준이 다르고, 관계 맺는 방식도 다양하고, 중요하게 생각하는 가치도 다르다. 독서 모임은 그 다름을 존중하며, 나의 틀을 깨 보겠다는 마음가짐으로 모인 자리다. 그럼에도 일을 그만두고 싶을 만큼 나락으로 떨어지는 일이 종종 있다. 인간관계의 버거움에 휘청일 때면 마음이 굳고 차가워져 아무것도 하고 싶지 않다.

마음이 허할 때 다이어리 한 귀퉁이에 사람들 이름을 적곤 한다. 좋아하는 사람, 보고 싶은 사람, 기대고 싶은 사람, 미운 사람이 있다고 하소연하고 싶은 사람, 그냥 잠시 곁에 앉아 있고 싶은 사람, 같이 밥 먹거나 그림 보러 가거나 나들이를 가고 싶은 사람, 혼자만 알고 싶은 비밀책을 함께 읽고 싶은 사람…. 마음이 취약한 상태에서 쓰다 보면 "놀아 줘! 내

편 들어 줘!" 떼쟁이 아이 같은 심정이 된다. 부끄러운 마음으로 적어 놓은 이름들을 들여다보면 어느새 들썩이던 마음이 진정된다. 떠오르는 얼굴만으로도 위안을 받는다. 그들이 무슨 이야기를 들려줄지 예상이 되고, 헤어질 때 내 마음이 얼마나 평안하고 행복할지도 상상이 된다. 하지만 부정적인 마음 상태로 만나기엔 '나의 사람들'이 너무 아깝다. 그들의 소중한 시간을 함부로 뺏고 싶지 않고, 고운 성정에 내 감정의 구정물을 끼얹고 싶지 않다.

SNS 청정 지역이 절실히 필요할 때가 있다. 기계 안에서 펼쳐지는 요지경. 떨쳐 버리면 될 걸 손에 쥐고 괴로워하며 뒤틀 때가 있다. 나를 향해 쓴 글이 아닌데 마음이 쓰리고, 모르면 느끼지 않았을 질투심에 화끈거리고, 잘하고 있으면서도 자괴감에 고꾸라지는 이상야릇한 세계. 그럴 때면 SNS 안 하는 사람이 제일 부럽다. 잠시 그 사람 곁에서 아무 말 없이 앉아 있다 오고 싶다.

김사인 시인의 '조용한 일'이라는 시를 처음 읽은 날, 울컥한 마음을 오래 다독여야 했다. 뭐야, '이도 저도 마땅치 않은' 때나 '그냥 있어볼 길밖에 없는' 날, '철이른 낙엽 하나'에 의지할 수밖에 없는 거야? 말없이 그냥 곁에 있어 주는 낙엽에 고마워하면서? 이미 그 시에 깊이 위로받았으면서도 괜히 딴지를 걸었던 나는, 시간이 흐를수록 그 시를 곁에 두고 조용히 기뻐하곤 했다. 나뭇잎 한 장 같은 사람을 떠올리거나 그런 존재로 살고 싶다는 생각을 하면서.

대부분의 갈등은 친밀함을 독점하고 싶은 마음에서 비롯된다. 나하고만 친했으면 하는 마음. 가능하지도 않고, 요구할 수도 없는 마음이지만 기저에 깔린 이 못난 마음과 괴로운 심정을 슬기롭게 다루는 것이 우정을 지키는 지름길이다. <언어의 무게>라는 소설을 읽다가 '친밀함은 나눌 수 없다.'라는 말에 전율했던 순간이 기억난다. 어쩜, 그동안 꽁꽁 감춰 두었던 흠집 난 마음이 이거 때문이었구나 싶었다. 그 사람과 나만의 고유한 친밀감이 존재하듯, 그와 다른 이의 관계도 그러할 터. 알면서도 서운해하고 부러워하던 마음이 위로받는 것 같았다. '그래, 세상의 모든 우정을 존중하자고.' 이런 기특한 생각도 했었고. 어쩌면 우정은 세상의 모든 관계 중에서도 가장 섬세하고 오묘하고 심오한 관계이구나 싶다. 그러니 아주아주 잘 가꿔 나가고 싶다.

갱년기는 몸의 변화와 함께 세상을 바라보는 시선도 바뀌는 시기다. 우정에 대한 정의가 달라지기도 한다. 한번 맺어진 우정이 죽을 때까지 변치 않을 거라는 믿음이 깨어지는 건 슬프지만, 다행스러운 일이기도 하다. 나이가 들고 시간이 흐를수록 성숙해지는 것처럼 우정도 더 깊어지고 풍요로워져야 하지 않을까? 관계를 성의 있게 가꾸려는 부지런한 마음. 갱년기의 우정이 얼마나 아름다울 수 있는지 나의 속 깊은 친구들에게서 배우곤 한다.

40대에 만나 갱년기를 함께 지나고 있는 50대 여자 넷이 함께 여행을 하게 되었다. 각자 관계를 맺은 사연도, 관심 분야와 성향도 다르지만, 처음 함께한 여행이 어떻게 그렇게 편하고 자연스러웠는지 놀라울 따름이다. 은미 씨에게 물었다. "갱년기의 우정은 뭐가 다른 것 같아?"

나의 특별한 '갱년기 친구'

이은미

얼마 전 완주로 여행을 다녀왔다. 50대 여자 네 명의 1박 2일 여행. 여행을 초대한 분을 제외하고 친분이 없는 분들과 1박 2일을 잘 지낼 수 있을까? 역에 도착하여 일행을 기다리는 내내 어색한 분위기를 바꾸기 위해 무슨 말을 해야 할까 고민했다.

"두 시간 동안 고요하고 차분하게 혼자만의 여행을 즐기세요.♡"

그제서야 각각 따로 자리 배정이 되었음을 알았고, 초대한 분의 세심한 배려에 마음 편하게 기차에 올랐다.

전주역에 모인 4명은 완주로 가기 위해 택시를 탔다. 여행 전 걱정이 무색하게 나는 그분들과 화기애애하게 이야기를 나누고 있었다. 숙소에 도착한 후 따뜻한 온돌방에 편하게 누워 갱년기로 시작해서 운동, 자신이 좋아하는 취미로 대화가 이어졌다.

A와 나는 8년 동안 독서 모임을 함께했다. 매달 정기적으로 만나는 모임을 빼면 어쩌다 만나거나 가끔 연락을 주고받는다. A는 약하고 불안했던 나의 40대를 버티게 해 주었다. 나에게 A는 다정한 언니이자 쓴소리로 정신을 번쩍 들게 해 주는 인생 선배다. 엄마, 주부로서 살아가는 삶의 고단함을 인정해 주었고, 여성으로 살아가는 기쁨과 자부심을 느끼게 해 주었다. 나이 오십을 넘어가며 겪는 변화에 두려움을 느끼는 내게 정확한 사실을 알려주고, 기꺼이 경험담을 나누어 주는 A는 갱년기 안내자이기도 하다.

B는 몇 년 전 글쓰기 모임을 같이 했었다. 글쓰기 모임에서 만난 B는 주위의 시선을 신경 쓰지 않고 자신의 생각을

명확하게 표현하는 단단하고 꼿꼿한 인상이었다. 남의 시선을 신경 쓰고 소심했던 나에게 B는 조금은 어려웠지만 부러운 분이었다. 4년의 시간이 흘러 만난 B의 모습은 예전과 달랐다. 편안하고 여유 있는 모습에 나도 긴장하지 않고 먼저 말을 걸 수 있었다.

한 모임에서 얼굴만 스쳤던 C는 여행 내내 다른 사람의 말을 잘 들어주고 차분한 목소리로 자신의 이야기를 했다. C는 식당에서 먼저 수저를 놓아주고 물을 따라 주거나 같이 앉기 좁은 자리에 공간을 마련해 주는 사소하지만 친절한 일을 티 내지 않고 했다. C의 말과 행동에 자연스레 마음을 연 나는 기꺼이 그가 들어올 마음의 자리를 만들었다.

여자들만의 여행을 몇 번 해 봤는데, 이번 여행은 유독 편안했다. 이분들과 다시 무언가를 같이하고 싶다는 마음이 들었다.

'가까이 오래 사귄 사람'이란 뜻을 가진 '친구'의 사전적 의미와는 조금 다른 새로운 친구가 생겼다. 나이도 하는 일도 다 다른 A, B, C와 친구가 되고 싶은 이유는 인생의 반을 살아온 남다른 태도 때문이었다.

여성에게 갱년기는 인생의 중요한 전환점이다. 지금까지 살아온 삶을 뒤흔들 수 있는 몸과 마음의 변화가 예고되어 있기 때문이다. 나이 오십이 되면서 마음의 안정을 조금 찾았다고 생각했다. 매달 정확하게 하던 월경이 불규칙해지고, 땀을 뻘뻘 흘리며 운동을 해도 줄어들지 않는 몸무게 뒤에 갱년기라는 반갑지 않은 손님이 기다리고 있었다. 여기저기서 들리는 갱년기에 대한 소문은 막연한 불안감만 키우고 실질적 도움은 되지 않았다.

A와 B와 C는 자신의 몸과 마음의 변화를 받아들이며 50대 여성의 삶의 고비를 각자의 방식으로 넘고 있었다. 그 사실만으로도 갱년기는 나에게 넘지 못할 산이 아니라 넘어갈 수 있는 산이 되었다. 갱년기를 잘 넘어서는 것은 남은 삶의 든든한 버팀목이 된다. 먼저 경험한 이들이 전해주는 생생한 경험담을 나에게 잘 적용한다면, 나의 갱년기도 새로운 이야기로 쓰일 것이다.

나는 A와 B와 C에게 자주 연락하지 않을 것이고, B와 C와는 쉽게 만나지 못할 것임을 안다. 우연히 만나거나 아주 가끔 안부를 주고받는 정도로 관계가 이어질 가능성이 크다. 그럼에도 나는 B와 C를 친구 목록에 저장했다.

'자주 만나지도 매일 연락하지도 않지만 떠올리면 든든한 사람', '문득 생각나면 기쁘게 연락할 수 있는 사람', '나를 드러내도 괜찮은 사람'. 내가 이번 여행에서 만난 친구들이다.

절친이란 뭘까? '더할 나위 없이 아주 친한 친구, 일반 친구보다 사이가 더욱 좋은 친구'라는 사전적 의미 속에 이미 여러 층위의 관계가 드러난다. 친구, 덜 친한 친구, 더 친한 친구, 사이가 좋은 친구, 더욱 사이 좋은 친구. 갱년기의 우정에 대해 숙고하는 동안 무해한 우정을 감히 꿈꿔 본다.

책을 읽다 문득 떠오르는 사람이 있다는 건 행복한 일이다. 서로에게 어떤 존재인지 어렴풋이 알고 있다가 적확한 언어로 표기된 관계의 정의에 딱 맞는 사람이 떠오르는 건 흔치 않은 경험일 테니 말이다.

다희는 자리에서 일어나 그녀의 팔에 가만히 자기 손을 올려놓았다. 그런 다희를 보며, 그녀는 왜 자신이 팔 년이 지난 지금까지도 그때의 일들을 떠올리곤 하는지 어렴풋이 이해할 수 있었다. 다희와 주고받던 이야기들 속에서만 제 모습을 드러내던 마음이 있었으니까. 아무리 누추한 마음이라 하더라도 서로를 마주볼 때면 더는 누추한 채로만 남지 않았으니까. 그때, 둘의 이야기들은 서로를 비췄다. 다희에게도 그 시간이 조금이나마 빛이 되어주었기를 그녀는 잠잠히 바랐다.

– <아주 희미한 빛으로도>, 123쪽

어느 날인가 은미 씨가 건넨 편지를 꺼내 보았다. 만난 지 8년이라는 시간이 지났다고, 만날 때마다 설렌다고, 돌아가는 길이면 설명할 수 없는 뿌듯함으로 발걸음이 가벼워진다고 단정히 쓴 편지. 그 속에 옮겨 적은 소설 속 문장들이 내 마음에 꽃비처럼 내렸던 기억.

어떤 관계든, 마음에 작은 스크래치 하나 남기지 않고 무해한 존재로 살아가는 건 불가능할지 모른다. 그럼에도 무해한 존재에의 믿음을 갖게 해 주는 사람이 곁에 있어 고맙다.

은미 씨가 A, B, C와 다시 여행을 떠나는 모습을 떠올려 본다. 웃음이 난다. 어휴, 좋겠네.

★ 무해한 우정의 가능성을 보여 주는 책

• 최은영 지음, <아주 희미한 빛으로도>, 문학동네, 2023.

25 내 몸의 역사는
내가 써 보겠습니다

갱년기 관련 책을 쌓아 두고 한 권씩 읽을 때마다 차곡차
곡 벽돌을 쌓는 기분이었다. 의사가 쓴 책을 읽으며 호르몬
공부를 하고 간헐적 단식의 원리를 이해했다. 작가들이 자신
의 갱년기 경험을 면밀하게 들여다보며 고유한 방식으로 의
미 부여를 하는 과정을 탐독했다. 동년배 여성들이 갱년기를
비하하는 시선에 발끈하며, 있는 그대로의 자신을 자랑스럽
게 드러내는 힘 있는 언어에 환호했다. 갱년기를 통과한 선
배들이 노년기로 접어들어 새로운 난관에 봉착해 고군분투
하는 이야기에도 귀를 기울였다. 그러는 사이 내면의 벽은
탄탄하게 나를 지탱했다.

어느 날 조지아대학교 역사학 특훈연구교수 수전 P. 매턴
이 쓴 <폐경의 역사>를 발견했다. 622쪽에 달하는 벽돌책!
덜컥 사들이긴 했지만, 재밌고 흥미진진한 프롤로그를 지나
자 그야말로 언어의 벽에 부딪혔다. 1부 '진화' 파트에 나오

는 '가상의 인구 집단에서 번식 후기 표시 계산하기'를 시작으로 줄줄이 나오는 숫자와 그래프, 통계자료에 머리가 하얘졌다. 완독할 수 있을까? 책을 노려보다가 그즈음 간호학 박사 과정을 마친 미선 씨에게 스터디 모임을 제안했다.

책을 읽고 체화하는 과정은 쉽지 않다. 흩어져 있던 지식과 경험들이 통합되는 단계로 진입할 때면 희열을 느끼지만, 책의 언어를 소화해 나의 언어로 정리해 기록하는 일은 너무나 어렵다. 그럴 땐 함께 읽기가 제격. 한 챕터씩 읽으며 요약을 하고, 우리가 짚고 넘어갈 이야기의 주제들을 공유하기로 했다. 편지의 형식을 제안한 이유가 있다. 거리가 멀어 직접 만나지 못하는 아쉬움도 달랠 겸 편지 쓰듯 책 이야기를 나누다 보면 어렵고 딱딱한 책을 조금은 편하게 읽을 수 있을 것 같아서였다. 무엇보다 우리의 편지를 공개하면 막연히 갱년기를 걱정하는 사람들에게 도움을 줄 수 있을 것 같았다. 나아가 함께 공부하고 싶은 사람을 초대하자는 데 의견을 모았다. 일명 '저희가 먼저 읽어보겠습니다' 프로젝트. 관심 있는 사람들과 둘러앉아 갱년기 공부를 하는 풍경을 상상하며 즐겁게 편지를 주고받았다.

· · · · · ·

미선 씨, <몽골비사>에 기록된 칭기즈칸의 어머니 허엘룬의 이야기를 읽다가 알래스카 원주민이 등장하는 <두 늙은 여자>가 떠올랐어요. 부족에게 버려진 후 극한의 상황에서 살아남은 할머니 두 분의 이야기거든요. 늙어서 쓸모없는 존재로 취급당해 슬퍼하고 절망하던 두 늙은 여자가 80여 년에 걸쳐 축적된 삶의 기술과 지혜가 얼마나 대단한지 보여주는 소설 덕분에 노년기의 삶을 다른 관점으로 바라보게 되었지요. <폐경의 역사> 서문을 읽으면서 갱년기에 대한 사회적 통념을 그대로 답습하고 있는 건 아닌지 퍼뜩 정신이 들었답니다.

대부분의 인류 역사에서 사람들은 폐경기를 있는 그대로 바라보며 삶의 중요한 단계로 넘어가는 발달상의 이행기로 받아들였다는 내용이 나와요. 다양한 부족들을 인터뷰한 내용을 소개하는데요. 월경의 종료에 그다지 신경 쓰지 않았고, 폐경에 해당하는 말도 없었다고 해요. 더 이상 임신을 염려할 필요가 없고, 이동과 방문이 자유롭고, 옷에 얼룩이 남을 걱정이 없다고 폐경을 환영하는 여성들도 있었다네요. 무엇보다 인상적이었던 건 그들이 폐경을 부정적으로 받아들이지 않았다는 거예요. 많은 이들은 성인기의 과중한 부담 및 제한이 있기 이전의 생애 단계로 되돌아가는 것처럼 폐경기의 젊음과 자유로움을 느꼈다고 해요. 종교, 명상, 마음의 평화에 집중할 만큼 자유로워졌다고 안도하면서 중년과 노년을 그들이 높게 평가하는 자질인 평정심의 시기로 보았다고 하네요. 새로운 역할을 감당하며 존경받을 지위로 넘어가는 과도기로 여겼다는 부분을 보며 놀랐답니다. 많은 영화와 드라마, 소설 속에서 다뤄진 폐경은 얼마나 당혹스럽고, 좌절스럽고, 불행한 분위기였나요!

저자는 "폐경은 생리적으로는 모든 문화를 망라해 동일하지만, 폐경의 경험은 생리적·문화적 요인을 구분하기가 힘든 복잡한 이유 때문에 각기 다를 수 있다."<폐경의 역사>, 403쪽 고 말해요. 누가 어떻게 말하느냐에 따라 폐경을 자연스럽고 정상적인 노화의 한 부분으로 받아들이느냐, 결핍과 고갈로 인한 질병의 위험 신호로 보느냐로 달라진다는 걸 이 책을 읽으며 절감했어요. 근대로 넘어오며 폐경을 '질환'으로 다루기 시작한 의학적 관점이 내게도 영향을 끼쳤고, 그 관점을 아무 비판 없이 그대로 받아들였다는 사실에 놀랐지요.

약 1700년 이전에는 유럽의 의학이나 문화에서 폐경이 중요한 개념이었다는 증거가 없고, 그때 이후로 아주 유명해졌다. 그 뒤로 내과 의사들은 처음에는 혈액의 잔류로, 나중에는 여성 생식계의 신경과민으로, 마침내 20세기에는 호르몬 변동과 에스트로겐 결핍으로 그것을 설명했다. 19세기

의사들은 폐경을 여성이 거기서부터 벗어나기만 하면 강하고 건강해질 수 있는 위기의 시기라고 설명할 공산이 컸던 반면, 20세기 말에는 폐경을 급성 증후군인 동시에 만성 저하 상태로 보게 되었다. 그리고 에스트로겐 결핍으로 약해진 번식 후기 여성들이 점점 더 늘어나 전 지구적 건강 문제가 될 조짐이 나타나자 심지어 전염병적 재앙으로까지 보기에 이르렀다. 근대 초기 유럽의 다른 증후군처럼 때로는 과장된 심리적·행동적 문제가 폐경 증후군의 핵심으로 여겨졌고, 폐경이 정신 장애를 유발한다는 생각은 수십 년간 부정적 결과나 상호 충돌하는 결과가 있었음에도 불구하고 오늘날에도 지속되고 있는 '끈끈한' 생각이다. 마침내 결혼이 섹스를 기초로 한 제도로 재정립되고 난 20세기 중반에는 폐경의 성적 증상이 주목받았다.

- <폐경의 역사>, 387쪽

사회적 통념은 기존의 사고를 그대로 수용해 고착시키고 강화시키기도 하잖아요. 갱년기, 폐경에 대한 인식도 그런 것 같아요. 이 책을 읽으며 폐경에 대한 부정적이고 근거 없는 사회적 통념에 저항하며 본래의 의미를 탐구해 보고 싶어졌어요. 그 의미를 나에게 적용하여 '폐경'에 대한 정의를 스스로 내릴 수 있기를 기대하고요.

저자는 인간의 조건에 깊숙이 연루되어 있는 폐경에 대한 질문이 얼마나 중요한지를 강조하지요. "인간의 본성, 우리 역사의 궤적, 우리 사회의 구조, 남녀 사이의 관계에 관한 한층 더 심층적인 질문들"<폐경의 역사>, 20쪽이 폐경에 대한 논의와 맞물려 있다고요. 생리적 현상의 변화로 인한 불편함에 초점을 맞추거나 노화의 징후와 연결 지어 해결책에만 골몰했던 저에게 차원이 다른 질문이 쏟아지는 이 책은 흥분과 기대감을 불러일으킵니다. 도표와 숫자, 어려운 논문 내용에 머리가 지끈거리고 위축되기도 하지만, 중요한 건 이런 도전 또한 갱년기의 힘이라는 사실! 그런 나를 응원하듯 1부의 제목 '진화' 또한 아주 마음에 들던데요?

'번식 후기 생애'에 대한 이야기가 흥미로웠는데요. 일본 진딧물이 생식을 중단하는 대신 '접착제 폭탄'을 만들어 포식자들이 공격하면 자폭하다시피 해서 여러 마리의 진딧물을 구한다는 얘기에서 좀 뜨악해졌지 뭐예요. 아니, 암컷은 죽어서까지 돌봄과 희생의 아이콘이 되어야 한다는 말인가, 하고요. 출산, 번식의 의무를 마치고 대부분의 암컷 동물들이 죽음으로 직행하는 데 비해 인간과 들쇠고래, 범고래, 참고래, 아프리카코끼리는 폐경 이후에도 오래 생존하며 자손을 돌보고 생존 전략을 전수한다는 내용을 보며 저는 돌봄의 가치, 돌봄 노동에 대한 시선도 점검하며 공부해 보고 싶어졌어요. 그동안 폐경과 갱년기의 용어들을 '생식'의 관점에서만 해석하거나 의학적 연구의 대상으로 여겼던 사람들의 언어를 그대로 가져와 썼다면, 이제는 정신적, 문화적, 생태적 개념의 새로운 언어로 폐경의 역사를 다시 톺아보는 뜻깊은 시간이 되면 좋겠어요. 폐경과 노화를 "인류 생활사의 독특한 특성, 그리고 지구상의 거의 모든 환경에서 우리가 거둔 놀라운 성공"<폐경의 역사>, 56쪽 으로 보는 저자의 관점에 가슴이 뜁니다.

폐경 이후의 삶에 대한 성찰로 나아가게 만드는 이런 기회가 생겨서 참 좋습니다. 폐경을 삶의 중요한 전환점으로 삼으며 이후의 삶을 건설적으로 생각해 보고 싶어요. 갱년기만큼은 자신에게 온전히 초점을 맞추며 살기. 그러면 어떤 일이 벌어질까요? 축적된 경험과 지혜가 자원화된다면 얼마나 멋질까요? 흩어진 자원을 차곡차곡 모으는 방법 중의 하나가 글쓰기라고 생각해요. 우리도 부지런히 자원을 모아 많은 이들과 나누기로 해요.

10월 19일 이화정

· · · · · ·

두 번째 편지가 도착하고 얼마 뒤 미선 씨는 자궁 절제 수술을 받았다. 스터디는 잠정 중단 상태가 되었다. 한동안 밀쳐 두었던 책을 다시 펼쳤다. 혼자 책을 읽어나가는 속도는 더뎠지만, 어떤 이야기가 우리를 기다리고 있을지 기대하던 미선 씨를 위해서라도 완독하고 싶었다. 수백 편의 논문과 연구 자료 등을 인용하거나 요약한 글을 힘겹게 헤쳐 나가며 읽었다. 겨우 반쯤 읽었을 때였나. 책이 미워져서 냅다 던져 버리기 직전, '여성의 지옥: 폐경과 근대 의학'이라는 제목에 정신이 번쩍 들어 눈을 부릅뜨고 정독하기 시작했다. 그러다 미선 씨가 수술을 받는 과정에서 겪었을 몸과 마음의 고통, 회복하는 과정에서 느꼈을 상실감을 제대로 헤아리지 못했다는 자책감이 밀려들었다. 블로그에 매일 감사일기를 쓰는 미선 씨의 밝은 모습에 안도했지만, 힘들었던 과정에 대한 기록도 의미가 있으니, 글을 써 보라고 간곡하게 제안했다. 미선 씨의 경험담이 비슷한 일을 겪은 이들에게 힘이 될 수 있을 거라고 말하는 동안, 우리가 처음 스터디를 시작하며 나눈 이야기가 떠올랐다. 우리도 우리만의 폐경의 역사를 써 보자고 했던 말.

    <폐경의 역사> 책을 읽던 중에 자궁절제술을 받았다. 수술의 정확한 명칭은 '근치적 양측 난관 및 자궁 절제술'이지

만 사람들은 '자궁을 뗄 것이다.'라고 말해야 그제야 고개를 끄덕였다. 자궁을 뗀다고 말할 때마다 내가 아닌 다른 사람의 입을 빌려 말하듯 했다. 마치 갈비찜 재료에서 비계가 잔뜩 붙어 있는 부분을 잘라내 버리듯, 자궁을 도려내 버리는 느낌이었다. '떼다'라는 단어는 전체에서 부분을 덜어 내는 의미도 있지만, 어떤 것에서 마음이 돌아서는 경우에도 사용된다. 지금 나는 돌아설 마음의 준비가 안 되었는데, 이렇게 헤어지는 게 맞을까?

자궁에 있는 혹을 의미하는 자궁근종은 첫째 아이 임신때 발견했다. 뱃속의 아이 손인 줄 알고 배 위로 다정하게 어루만져 줬는데, 그게 임신과 함께 커진 자궁근종이었다. 아이가 잘 있나 초음파를 볼 때면 의사 선생님은 아이가 뱃속에서 잘 노는지 확인 후, 근종들 크기가 커지지 않았는지도 같이 확인했다. 근종이 여러 개 있으면 임신과 출산이 어렵다고 알려져 있지만, 감사하게도 둘째 아이의 출산까지 무탈하게 해낼 수 있었다. 월경량이 많아진다거나 통증이 있지는 않아서 사실 근종들이 있다는 것조차 잊고 살았다. 그러다 이번 여름 건강검진에서 근종 크기가 너무 커져서 수술받는 게 좋겠다는 소견을 들었다. 근종들의 크기가 커서 완경 후에도 크기가 많이 줄지 않을 것이고, 근종이 여러 개라 떼고 나면 자궁의 원래 모양 유지가 안 되니 절제하는 것이 좋겠다는 내용이었다. 앞으로 임신 계획이 있는 것도 아니고 난소는 그대로 둘 거라 갱년기 증상도 없을 테니 문제는 없다는 말을 듣고, 두 달 뒤로 수술 날짜를 잡았다. 의학적인 소견도, 남편도, 나조차도, 거추장스러운 혹을 떼어내는 대수롭지 않은 가벼운 시술 정도라고 생각했다.

수술이 결정되고 주변에 이야기를 해 보니 자궁절제술을 받은 사람들이 생각보다 많았다. 오죽하면 자궁을 절제한 이들을 해학적으로 일컫는 '빈궁마마'라는 단어까지 있었다. 병원에서 일할 때 만났던 산부인과 수술 환자들이 수술 후 뱃심이 없어졌다, 체력이 떨어졌다, 힘이 안 들어간다, 허리가 아프다며 힘들어하시던 모습도 생각났다. 수술 후 부작용이나 관리 방법을 찾아봤더니, 의료진이나 병원에서 제공하는 관리 지침서를 쉽게 찾을 수 있었다. 자궁절제술은 우리나라에서 제왕절개 다음으로 많이 이루어지는 수술이라고 한다. 그런데 수술받고 관리한 후기는 생각보다 적어 의문이 생겼다. 부르는 명칭조차 통일되어 있지 않았다. '자궁절제술', '자궁적출술' 등 다양하게 불리고 있었다. 수술을 받는 이들이 주로 40대 이상의 여성이고, 자궁근종은 생명을 위협하는 질환이 아니어서였을까? 쉬쉬하는 분위기에 그늘 속 존재가 된 기분이었다.

 정확히 무엇을 해야 할지, 자궁을 '떼 버릴' 준비가 안 된 채 수술을 받았다. 수술 후 마취가 덜 깬 채로 평평해진 나의 아랫배를 어루만졌다. 자궁이 없다는 것이 실감이 나지 않았다. 자궁은 보통 60g의 계란 크기라는데, 나의 자궁은 800g. 카메라 한 화면에 들어오지 않을 정도로 컸다. 이렇게 커지도록 얼마나 힘들었을까. 그럼에도 귀한 두 아이를 품어 주고, 나와 함께 별일 없이 지내 준 나의 자궁이 고마웠다. 수술하고 3일 동안은 몸을 뒤척이는 것조차 아프고 무서웠다. 로봇수술로 늘어난 흉곽 때문에 어깨와 갈비뼈가 아팠고, 몸통에는 힘이 들어가지 않았다. 상체와 하체가 헐거운 용수철로 이어져 있는 기분이었다.

 안부를 묻는 이들은 지나치게 조심스러워하거나 중병은 아니었으니 다행이라고, 위로 아닌 위로를 했다. 평소에는 나조차도 관심을 두지 않았던 자궁은 수술로 없어진 후에야 존재감이 두드러졌다. 이제는 없어진 내 자궁을 향하는 시선과 말들이 폭력적이라고 생각하다가 문득 나는 어떤가 돌아보았다. 임신과 출산 시기가 지나니 이제 필요 없다고 떼 버린 자궁을 생각하며 토사구팽이라는 말을 떠올렸던 것. 나는 나를 탓하며, 상실과 결핍에 집중했었다.

수술 후 한 달이 지난 지금 체력은 거의 회복했다. 아직은 무거운 것을 들거나 오래 앉아 있을 때면 아랫배가 뭉치는 듯 묵직해진다. 덕분에 내 몸을 더 세심하게 살피고 운동에 힘쓴다. 아무리 힘을 줘도 볼록 나와 있던 아랫배가 힘주면 들어가는 것이 신기해서 샤워할 때마다 한참을 구경한다. 첫째 아이는 수술 흉터를 보고 엄마 배에 눈이 생겼다며 웃었다. 생각해 보니 CT 사진 속 나의 자궁은 혹들 때문에 마치 영화 '업'의 집처럼 풍선들을 달고 있는 듯했다. 풍선을 달고 날아가는 나의 고마운 자궁 덕분에 나는 귀한 두 아이를 선물로 받고, 하고 싶은 것을 불편함 없이 하며 살아올 수 있었다. 때때로 밀가루 음식을 먹고 싶고, 작은 일에도 예민하게 반응하는 걸 보면 난소도 제 기능을 하고 있는 듯하다. 갱년기의 불편감 없이 월경만 안 하니 생각보다 더 편하고 자유롭다. 죄책감보다 고마움이 커지면서 자궁이 있던 빈 자리는 결핍이 아니라 여백이 되었다.

이제는 자궁을 뗐다고 하지 않는다. 대신 자랑스러운 나의 자궁을 보내 줬다고 이야기한다. 한 달에 일주일씩 내가 하고 싶은 일에 집중할 시간이 생겨서 좋다고 웃으며 말한다. 큰 병 아니어서 다행이라는 이들의 위로도 나를 향한 사랑으로 온전히 받는다. 무엇보다 내 이마에 써 붙였던 '결함'이라는 글씨를 '해방'으로 바꿨다.

　나는 자궁이 없는 여자다. 유사 완경으로 열린 활력과 확
장성의 새로운 인생을 두 팔 벌려 환영한다.

2024년 12월 19일 전미선

　미선 씨가 쓴 글을 읽으며 안타까웠던 마음이 안도감으로
이어졌다. 갱년기 관련 책을 부지런히 읽지 않았다면 난소를
그대로 둔 것이 얼마나 중요하고 다행스러운 일인지 미처 몰
랐을 것이다. 2년 전 가정의학과 전문의와 의학 전문 기자가
쓴 <미드라이프 케어>에서 스치듯 읽었던 부분을 다시 찾아
보고 충격에 휩싸였다. 2000년까지만 해도 자궁의 종양이
양성이라도 가임기 여성의 자궁까지 적출했다고 한다. 아이
를 낳고 나면 자궁은 아무 쓸모 없는 기관이고, 나이 오십인
여성이 난소가 왜 필요하겠냐며 자궁과 난소를 같이 제거했
다는 내용 뒤에 한 조사 결과가 이어진다. 2012년 18세에서
79세까지의 독일 여성 중 6분의 1이 자궁이 없었고, 이러한
적출에는 남성 산부인과 의사들이 더 호의적이었다는 내용.
지금은 난소가 호르몬 생산에 얼마나 중요한지를 잘 알고 있
고, 자궁 적출 후에도 역할을 한다는 걸 알지만, 왜 그런 일
이 벌어졌는지에 대해 저자가 남긴 말은 깊이 새겨 둘 만하

다. "사회, 정치, 문화 분야와 마찬가지로 의학 역시 당대의 지식과 학문의 수준에서 자유롭지 못하다는 증거는 수없이 많다."는 것. 멀쩡한 난소를 당사자의 허락도 없이 제거했던 2000년대에 비해 지금은 내 몸에 대해 철저히 공부하면서 부당한 진료를 피할 방법이 있다는 게 다행스럽다.

최근 들어 40대 초반의 지인 두 사람에게서 자궁 수술 경험담을 들으며 안타까웠다. 갱년기가 남들보다 일찍 시작된 셈인데, 전혀 준비가 안 된 상태로 맞은 몸의 변화는 혹독하리만치 몸과 마음에 타격을 주었기 때문이다. 걱정한답시고 무심코 하는 말 중에 "한창인 나이에 어쩌다…"라는 말을 짚어볼 필요가 있다. 월경이 멈췄다고 삶의 활기가 사그라드는 건 아니잖는가? 호르몬 변화에 적응하느라 몸은 힘들 테지만, 월경이 멈춘 이후로도 충실한 인생은 계속될 것이다. 남의 몸에 이러쿵저러쿵 몹쓸 말들을 왜 그렇게 하는 겐지. '빈궁마마'라니, 당치 않다. 타인의 몸에 대해 함부로 명명하는 것에 동조하지 않았으면 좋겠다.

• **자궁(子宮)** 『의학』 여성 생식 기관의 하나. 골반 안쪽에 있으며, 수정란이 착상하여 분만 때까지 태아가 자라는 기관이다. 늑자호, 포궁.

'아기집'이라는 용어가 정겨워서 쓰곤 했는데 놓친 부분이 있었다. 아기를 낳을 수 없고, 낳을 생각이 없는 여성에게는 이 단어가 전혀 다른 의미로 와닿을 것이다. 단어 하나에 얽힌 역사, 사회·문화적 배경 속에서 달라지는 의미, 쓰는 사람에 따라 차이 나는 해석을 짚어 보는 동안 언어의 힘과 중요성에 대해 새삼 깨달았다. 내 신체를 지칭하는 말들이 의학적 용어라는 굴레에 갇혀 있진 않은지, 상업적 의도로 훼손되어 소모되고 있진 않은지 면밀히 살펴야 한다.

미선 씨는 자궁을 떼어 버리거나 들어낸 것이 아니고, 잘 보내 줬다고 스스로 의미를 부여했다. 쓸모없는 빈 자리로 보지 않고, 이제는 휴식을 취할 여백이라고 명명했다. '빈궁'이 아닌 충만한 자아. 미선 씨는 여전히 한창인 나이로 멋지게 살아갈 것이다. 여성의 몸, 여성의 생애 주기, 여성의 삶만큼은 당사자인 우리가 주체가 되어 적극적으로 기록하는 게 중요하다.

갱년기를 보내는 선배들의 구체적인 경험담을 들을 기회가 많으면 많을수록 좋겠다. 또래들과 나누는 이야기는 온갖 부정적 예측으로 가득해서 어떻게든 갱년기에 진입하지 않는 게 최선인 것처럼 회피해 버리기 십상이다. 조금씩 천천히 몸의 변화를 받아들이면서 적응할 기회를 잃을 수도 있다. 차근차근 몸에 대해 공부하고, 정보를 모으고, 마음이 통하는 믿을 만한 이들과 교류하면서 착실하게 갱년기를 준비하길 바란다. 인터넷에서 수집한 정보는 갱년기를 결핍과 질환의 관점으로 몰아가며 온갖 보조 식품과 미용 기구, 다이어트 시장으로 우리를 안내할 테니, 정신줄을 단단히 쥐고 냉정하게 판단하며 내게 꼭 필요한 것들을 가려내야 한다. 무엇보다 냉철한 시선으로 내 생애 주기를 대표하는 언어들을 톺아보며 점검했으면 좋겠다. 지구상에 똑같은 사람은 하나도 없듯 각자의 몸속에서 벌어지는 호르몬의 변화도 천차만별이다. 많은 사례들을 모으고 정보를 교환하는 동안 나에게 맞는 적응 방식을 찾아내며 도움을 주고받았으면 좋겠다. 각자 조금씩 다른 생애 주기를 통과하는 동안 자신만의 고유한 폐경의 역사를 기록하면 어떨까. 나의 갱년기 서사를 기록하는 동안 중요한 건 질문을 멈추지 않는 것이다. 내가 쓰는 언어가 합당한가? 나도 모르는 부정적인 함의가 들어 있는 말을 쓰고 있진 않은가? 나의 몸, 내 삶의 주기를 표현하는 말들이 정말 나를 제대로 설명하고 있는가? 의사, 학자들의 관점으로 쓰인 폐경의 역사를 나의 관점으로 다시 바라보고 나의 언어로 기록하는 것. 벽돌책으로 쌓은 단단한 디딤돌을 딛고 서서 이제는 나의 갱년기 역사를 써 보겠다.

나에게 '폐경'이란?

• **이화정**: '하나의 문이 닫히면 새로운 창이 열린다'라는 말처럼 월경이 멈추면 창조성의 시류가 흐르기 시작한다.

• **전미선**: 입혀준 옷은 벗어 던지고, 입고 싶은 옷을 짓기 시작한다.

당신에게 폐경이란?

....

....

기나긴 날이 저문다. 느린 달이 차오른다. 깊은 바다는 온갖 목소리로 신음한다. 오시게, 벗들이여. 새로운 세상을 찾기에 그리 늦지 않았다네. 앨프리드 테니슨 경, <율리시스>

– <폐경의 역사>, 11쪽

★ 폐경에 대한 새로운 통찰을 얻고 싶을 때 **읽으면 좋은 책**

• 수전 P. 매턴 지음, 조미현 옮김, **<폐경의 역사: 과학에서 의미까지>**, 에코리브르, 2020.

26 만성적인 통증 앞에 무기력해지지 않도록

팔꿈치 통증이 도무지 나아질 기미가 보이지 않아 우울했다. 자다가 이불을 끌어당기는 것조차 힘겨울 정도. 5중 스테인리스 냄비를 한 손으로 들려다 놓치는 일도 잦았다. 한 달 가까이 치료를 받다가 바쁘다는 핑계로 예약된 날짜를 놓친 후 한 달이 훌쩍 넘었다. 친정에서 김장을 하고 온 뒤 통증이 심해지더니 목과 어깨까지 잠을 못 이룰 정도로 아파 병원에 다녀왔다.

갱년기 이야기를 쓰기 시작하고 2년이라는 시간이 흘렀다. 그동안 몸의 통증은 매일 다양한 방식으로 찾아왔다. 말을 할 때마다 혀와 이가 맞닿는 입 안쪽이 쓰라릴 때면 몸이 내게 잔소리를 하는 것처럼 느껴져 한숨이 나왔다.

'요즘 너무 늦게 자는 거 아냐? 오늘은 입이 좀 불편할 걸.'
그러면 풀이 죽어 '알았어. 오늘은 12시 전에 잘게. 그러니화 좀 풀어.'라고 말을 삼켰다. 어느 날은 두피를 건드리기만 해도 아프고, 다른 날은 속옷 끈을 따라 두드러기처럼 피부 발진이 돋아나기도 했다. 보이지 않는 내 몸속에서는 얼마나 많은 불협화음으로 삐걱대고 있을지.

　　<중년, 잠시 멈춤>을 읽다가 '만성적인 통증에 시달리는 삶은 어떤 것일까? 고통 속에서 사는 것은 어떤 의미일까?'라는 의문을 품은 저자에게 깊이 공감하며 밑줄을 그었다. 예순, 일흔, 여든이 된 자신이 여기저기 고장 난 몸으로 가파른 언덕길을 오르는 모습을 상상하다 불안해진 저자는 약을 먹는 일에 대해 숙고한다. 사고 능력을 둔하게 하는 부작용이 있다는 약을 먹고 싶지 않으면서도 점점 심해지는 통증을 약 없이 견딜 수 있을까 걱정하는 게 꼭 내 마음 같았다. 그러면서 저자는 엄마 이야기를 꺼낸다.

　　그러면서 다시 한번 엄마에게 감탄하게 됐다. 나의 엄마는 나이 들면서 나타나는 적자를 능숙하게 메워갔다. 통증과 함께 살아가고, 고통과 즐거움과 생존과 사별을 교묘하게 양립시키면서. 이런 견제와 균형은 현재의 문제에, 균형의 문제에 대응할 수 있도록 한다. 그러면서 새로이 느끼게 되는 체념 상태가 물밀듯 밀려왔다가 또 다른 방향으로 나를 이끌어간다. 결국 나는 그 모든 것 앞에서 어깨를 으쓱

추켜올리며 "될 대로 되라"라고 말하고 싶어진다. 나는 무신경해지는 법을 익히고 있다. 나이 듦이 내 삶의 길을 어떻게 바꾸든 내가 할 수 있는 일이 없기 때문에.

– <중년, 잠시 멈춤>, 248쪽

언뜻 보면 체념 상태라는 말에 마음이 꺼질 뻔 했지만, '균형'과 '대응'이라는 말에 방점을 찍었다. 내게 찾아온 몸의 적자를 메울 방법이 무얼까 곰곰이 생각해 보는 습관을 들였다. 통증으로 마음이 꺼질 때마다 살살 달랠 묘안을 짜내곤 한다. 늦은 오후 물리 치료를 받고 온 날은 부엌일에서 나를 구하기 위해 배달 음식을 먹기도 한다. 아픈 증상이 많아질수록 '앓는 소리'를 내기보다 적절한 대응 방식을 적극적으로 찾아내 조치하고 도움을 청하려고 한다.

"여보, 나 오늘 주사를 열 대나 맞았다! 목 디스크 심해져서 목과 어깨에 여덟 대, 팔꿈치에 한 대, 독감 예방 주사 한 대. 당신은 내가 얼마나 아픈지 모르지?"

"알지…"

아픈 몸은 아픈 사람 자신밖에 모른다. 모든 통증은 개별적이고 고유하다. 정도의 차이를 설명한다 해도 아픈 사람의 통증은 제 몸 안에서 외롭게 자신을 향해 호소할 뿐이다. 주사를 맞으려고 도넛처럼 생긴 베개에 얼굴을 묻고 눈을 감았을 때는 미처 몰랐다. 양쪽 윗목에 주사를 네 대 놓을 거라는 말을 듣고 주사 정도는 참아야지 가볍게 생각했다. 왼쪽 두 번 따끔, 오른쪽 두 번 또 따끔. 그런데 다음은 약물을 주입한다며 좀 뻐근할 거라는 말이 들려올 때부터 공포감이 밀려들었다. 방광암 수술을 세 차례나 받으며 남편이 느꼈을 고통이 생각났다. 지인들이 암에 걸려 치료받은 이야기를 들었을 때 느낀 안타까움과는 차원이 다른, 몸으로 느끼는 공감. 그런데 겨우 주사 몇 대를 맞으면서 감히 상상하지 못할 고통을 겪었을 이들을 생각하니 울고 싶었다. 진료실을 옮겨 네 번의 주사를 더 맞고, 팔꿈치 주사까지 맞은 후 마지막으로 예방 접종을 할 때 하소연을 했다. "주사를 한꺼번에 열 대나 맞아도 괜찮을까요? 몸이 놀랄 거 같아요." 했더니 웃으며 괜찮다고 했다. 아, 나는 정말 아프고 싶지 않다. 병이 무섭다. 하지만 알고 있다. 나이가 들면 아프지 않을 도리가 없다는 것을. 매일 크고 작은 통증에 시달리며 살겠지만, 승모근이 좀 부드러워지거나 어깨가 결리지 않는 날은 마치 아무 데도 아프지 않은 것처럼 룰루랄라 콧노래를 부르며 산책을 나갈 수도 있겠다. 그러다 시큰거리는 무릎에 금새 시무룩해질 수도. 어떤 날은 내려앉은 잇몸 때문에 가을바람에도 이가 시려 당혹스러워할지도 모르겠다.

'아니, 오늘은 좀 그냥 넘어가면 좋잖아?'

만성적인 통증에 무기력해지지 않으려면 어떻게 하는 게 최선일까? 뾰족한 해결책이 없어 보이는 지금, 주사 맞은 부위가 좀 괜찮아졌는지 신경을 곤두세우며 글을 쓴다. 중간중간 스트레칭을 하려고 노력하고, 노트북 아래 두꺼운 책을 받쳐 고개를 덜 숙이게끔 조치를 취하기도 한다. 가슴을 치켜들고 양팔을 ㄴ자 형태로 들어 등 쪽으로 조이며 천천히 천장을 향해 턱을 들어올린다.

<중년, 잠시 멈춤>을 읽고 나이 들어가는 몸을 새로운 관점으로 바라보게 되어 다행이다. 갱년기의 몸을 취약한 상태로만 보다가 실은 나이 든 몸이 '체화된 지식'으로 나를 보호하고 있다는 사실에 용기를 얻었다. 인상 깊었던 번지점프 이야기. 나라면 용기가 없어서 못 뛰어내리는 거라고 생각했을 텐데 저자는 달랐다. '내 나이에 높은 건물에서 번지점프를 하는 것은 좋은 생각이 아니라고 말해주는 것이 바로 내 몸'<중년, 잠시 멈춤>, 244쪽이라는 것. 불편한 의자에 너무 오래 앉아 있거나 컴퓨터 앞에서 오래 시간을 보낼 때면 스트레칭을 하거나 산책을 하는 게 좋겠다고 생각보다 먼저 몸이 알려 주는 것처럼 말이다. 저자는 나이 들어가며 '저장되고 학습되

181

고 소중히 간직되는' 우리의 경험이 일종의 체화된 지식이라고 말한다.

돌아보면 몸은 계속 변화하며 부지런히 신호를 보내고 있었던 것 같다. 시력이 약해지고, 피로감이 자주 밀려오고, 정확한 단어가 안 떠오르고, 행동이 굼떠지고, 가끔 귀에서 소리가 나고. '우리 몸은 나이의 무게를 견딘다.'<중년, 잠시 멈춤>, 241쪽 라는 구절에 마음이 시큰거렸다. '이러한 미묘한 변화들은 우리가 세상을 인지하고 경험하는 방식을 재조정할 뿐 아니라 우리 생각의 형태 또한 변화시킨다.'<중년, 잠시 멈춤>, 241쪽 라는 말에는 용기가 났고. 그래, 절망할 때가 아니야. 어서 재조정을 해 보자고!

체화된 지식을 논하면서 언급되는 '마음화된 몸'이랄지 '체화된 마음'이란 문구도 인상적이지만, 시도니 가브리엘 콜레트가 쓴 <사랑의 도피The Retreat of Love>의 한 구절을 소개한 부분이 특히 마음에 와닿았다. '내 몸이 생각할 때, 내 육체는 영혼을 갖는다.'는 문장.

갱년기는 50여 년 동안 몸이 실제로 살아온 경험을 토대로 중요한 메시지를 보내는 시기다. 나를 보호하기 위해, 더 빨리 닳아 망가지기 전에, 자주, 급박하게 신호를 보낸다. 때로 갱년기의 몸은 심각하게 고통을 머금고 생각한다. 통증은 몸이 자기의 생각을 표현하는 방식일 수도 있다. 그 생각을 잘 알아듣고 존중하며 적절한 조치를 취할 때 몸은 나아지고 마음까지 승화될 것이다. 육체가 영혼을 갖는다는 건 그런 의미가 아닐까? 만성적인 통증에 우울감이 밀려들 때 이 문장을 꺼내 들고 내 몸이 무엇을 생각하는지부터 면밀히 살피며 공손히 물어봐야겠다.

5주가 지나는 동안 팔 통증의 원인이었던 목 디스크 치료까지 받느라 수십 대의 주사를 맞았다. 팔이 덜 아프면 목의 통증이 심해지고, 목이 좀 괜찮으면 다시 팔이 저리고, 둘 다 괜찮아질 무렵 두통이 심해져 식겁하고. 도수 치료를 받는 날은 두 시간이 넘게 걸리는데, 병원을 나올 때면 마음부터 달랜다. 이번만큼은 확실히 나아질 때까지 최선을 다해 치료를 받아 보자고.

물리치료실에 누워 있으면 예순, 일흔, 여든의 나는 어떻게 변해갈지 걱정이 밀려들곤 한다. 지금도 이렇게 아픈데 앞으로는 얼마나 더 힘들어질까 겁도 난다. 그래서 미래의 나에게 미리 안부를 전할까 한다.

"몸의 생각을 존중하며 잘 챙기며 살게! 나의 영혼은 멈추지 않고 나아갈 테니, 나이 들어가는 내 육체에게도 잘 부탁한다고 전해 줘!"

★ 고통이 몸과 마음을 잠식할 때 읽으면 좋은 책

• 마리나 벤저민 지음, 이은숙 옮김, <중년, 잠시 멈춤: 나를 위해 살아가기로 결심한 여자들을 위하여>, 웅진지식하우스, 2018.

27 좋은 의사를 만나기 위해 공부하는 갱년기

수년 전 엄마를 모시고 대형병원에 갔을 때다. 침샘이 막혀 얼굴이 붓고 통증이 심해지는 증상이 반복되니 엄마는 다른 큰 병이 있는 건 아닐까 불안해하셨다. 엄마를 대신해,

"선생님, 왜 자꾸 침샘이 막히는…"

"듣기만 하세요. 질문은 제가 합니다."

순간 얼굴이 벌개졌던 기억. 무안함과 당혹감에 말문이 막힌 나는 기가 질린 채 서 있었고, 엄마는 무성의한 의사의 질문에 네네 몇 번 하고 3분 진료가 끝났다.

<숨결이 바람될 때>, <아픔이 길이 되려면>, <아픈 몸을 살다>, <죽음과 죽어감> 등 의사들이 쓴 책들을 읽으면서 알게 됐다. 환자의 고통을 헤아리려 노력하는 의사, 아픈 몸을 존중하는 의사, 쉽게 설명하고 자세하고 친절하게 진료하는 의사를 만나는 것이 얼마나 큰 행운인지를.

환자석에 겁에 질린 채 앉아 있던 나는 이제 다른 태도로 의사 앞에 앉는다. 아픈 부위가 어디인지, 어떻게 아픈지, 통증의 느낌과 강도와 빈도를 자세히 설명한다. 인터넷이나 책으로 미리 찾아본 정보를 내 증상에 적용해 보면서 궁금한 점을 물어보기도 한다. 주사 치료를 받으라고 하면 "스테로이드 주사는 아닌가요?" 확인부터 한다. 단순히 통증을 잠재우는 주사는 맞고 싶지 않다고 분명하게 의사 표현을 하고, 주사가 어떤 역할을 하는지 설명해 달라고 요청한다. 다음 진료 때 호전되었는지를 물으면 나아진 부분과 여전히 아픈 부위를 설명한다. 그러는 사이 의사의 대응이 달라지는 걸 보았다. 모니터를 내 쪽으로 돌리고 아픈 부위의 뼈 사진을 찾아 보충 설명을 해 주었고, "정말 낫기를 바라서 치료를 조금 더 해 보자는 겁니다."라고 설득하기도 했다. 어느 날은 두통이 심해 머리에 주사를 맞았는데, 약간 현기증이 느껴졌다. 그럴 수 있다는 말을 들었던지라 그냥 갈까 하다가 재진료를 요청했다. 의사가 걱정하지 않아도 될 것 같다며 조금만 앉아 지켜보라고 했다. 안심한 나는 몇 분 안정을 취하고 병원을 나섰다. 20여 분 뒤 집에 도착할 즈음 병원에서 전화가 왔다. 나를 치료한 의사였다. 찾았는데 없어져서 놀랐다고, 괜찮냐는 질문. 친절한 진료와 합리적인 시술을 하는 동네 정형외과를 찾아다닌 보람을 느낀 순간이었다.

갱년기에 접어들면 몸에 대한 걱정이 늘어날 수밖에 없다. 처음 몸이 아프기 시작했을 때는 갱년기라 그러려니 참고 지나가기 쉽다. 의사도 아니면서 맘대로 진단을 내리고 처방까지 한다. 며칠 쉬면 돼. 석류를 먹어볼까? 갱년기니 살이 찌는 거겠지. 관절도 낡아서 그래. 하지만 책을 읽다 보면 내 몸에게 사과할 일이 생긴다. 쉰다고 될 일이 아니기 때문이다. 염증은 치료해야 사라지는 것이고, 그래야 만성 염증이 될 위험도 막을 수 있다. 갱년기 몸에 좋다는 식품들이 다 내게 맞으리라는 보장도 없고, 어떻게 가공하느냐에 따라 도리어 몸에 해를 끼칠 수 있다. 살찌는 이유가 나쁜 식습관 때문인지, 운동 부족 때문인지, 몸속 기관 중 하나가 제대로 작동하지 못해서인지 이유를 찾아야만 나빠지는 몸을 예방할 수 있다. 퇴행성 관절염으로 아픈 손가락과 손목은 무리하지 않으면서 조심하며 쓰면 되지만, 류머티스 관절염이라면 지체 없이 치료를 받아야 한다.

갱년기를 직접 겪은 의사들이 쓴 책을 보니, 자기 몸에 대해 잘 알고 있다고 생각했던 의사들도 갱년기 앞에서 당황한 건 마찬가지였다. 호르몬이 롤러코스터를 탄 것처럼 날뛰는 것 같다고 하소연한다. 마치 몸의 사령탑이 외계인에게 점령당한 것 같다나. 읽다 보면 제발 마음대로 진단하지 말고 진찰을 받으세요, 소리를 지르는 것 같다. 심각한 질환을 갱년기 탓으로 돌리며 방치해 건강이 악화되는 사례를 수없이 봐왔기 때문이다. 몸에 대해 잘 알고 있어야 문제가 생겼을 때 제대로 대처할 수 있는 법이다. 그동안 너무 무관심했다는 반성을 하며 호르몬의 종류와 역할, 작동 원리 등을 공부했다. 갱년기의 호르몬 변화 과정에 대해 다 이해할 수는 없지만, 몸에서 일어나는 복잡한 작용들을 알아가는 동안 막연한 불안감이 줄어든 건 확실하다.

갱년기가 되어서야 내 몸을 위해 일하는 호르몬의 이름을 제대로 불러 보다니. 이제 그만 쉬겠다고 떠나가는 나의 소중한 호르몬들을 붙잡을 수도 없다. 셀 수 없이 많은 호르몬들이 조금씩 천천히 줄어들면 좋겠지만, 어찌 그리 제각각 개성도 강하고 성격도 변화무쌍한지. 여성 호르몬, 남성 호르몬이라는 분류 자체도 모호하다. '테스토스테론'은 남성에게만 있는 호르몬인 줄 알았다. 그런데 웬걸, 지금 이 순간에도 갱년기의 아픈 몸을 일으켜 세우며 이것저것 해 보라고 열정을 솟아오르게 하는 호르몬이 테스토스테론일 수 있다. 투지를 불태우며 내 몸에서 활약하는 테스테스토론아, 고마워! 대표적인 여성 호르몬이라 불리는 에스트로겐과 프로게스테론의 활약은 또 얼마나 눈부신지.

좋든 싫든 여성의 신체는 대부분 임신과 출산을 위해 설계되어 있다. 사춘기에 접어든 순간부터 당신의 몸과 마음은 기분에 강력한 영향을 미치는 호르몬의 신경화학적 영향 아래 있어 왔다. 28일 동안 당신 몸에서 분비되는 모든 화학 물질을 자세히 설명한다면, 매달 수없이 많은 신경화학 물질이 함께 작용해 기쁨을 가져다주고, 수면을 돕고, 마음을 진정시키고, 외모를 아름답게 만들고, 머리카락을 풍성하게 하고, 피부 노화를 막고, 점막에 기름을 치고, 성욕을 높이고, 멀티태스킹을 가능하게 하고, 운동을 하고 싶은 동기를 부여하고, 심지어 말재주까지 선사한다는 것을 안다면 크게 놀라게 될 것이다.

- <갱년기 리셋>, 56쪽

사춘기가 시작된 이래 '호르몬의 아름다운 교향곡이 연주'되던 몸이 갱년기에 접어들면 '호르몬이 마구 날뛴다'라고 묘사한 저자의 글에 웃어야 할지 울어야 할지 난감했다. 호르몬은 신체의 여러 기관이 팀처럼 역할을 나눠 작용한다고 한다. 유용한 호르몬들의 균형 잡힌 협업으로 별문제 없이 살아온 내 몸이 단지 갱년기 호르몬 변화 때문에 달라지는 건 아니다. 불면의 밤이 호르몬 때문만이겠는가. 20대나 30대에도 삶의 무게를 짊어지고 사는 게 버거워 잠을 못 이루는 것처럼, 40대를 지나 50대로 접어들면 힘들고 화나고 가슴 아픈 일들에 뒤척이기도 한다. 내 몸에서 일어나는 불편함을 갱년기라는 틀에 끼워 놓은 채 방치하지 않았으면 좋겠다. '이게 다 갱년기 탓이야.'라고 이불 속에서 화만 내지 말고, '그래, 갱년기다! 어쩔 건데?'라는 배짱을 장착하기로 결심한 나. 불면의 원인을 거슬러 올라가며 책을 읽다 말고, 립스틱을 주문했던 날의 이야기다.

에스트로겐과 함께 대표적인 여성 호르몬이라 불리는 프로게스테론은 신경전달물질 수용체와 결합하면 진정제 비슷한 효과가 있어 공포와 불안을 잡아 주고 정서적 안정을 선사하며 수면을 돕는다고 한다. 스트레스 해소에 큰 도움이 되고 면역계를 강화하고 염증을 막아 주는 등 '척척박사'로 불릴 만큼 다양한 역할을 하는 프로게스테론. 이 호르몬 역시 여성만을 위해 일하지는 않는다. 한 호르몬이 줄거나 없어지면 단지 그 호르몬만의 문제가 아니다. 호르몬이 제 역할을 하기까지는 호르몬이 만들어지는 기관, 호르몬을 전달하는 물질과 수용체, 호르몬이 필요한 기관의 상태가 착착 손발이 맞아야 한다. 그런데 프로게스테론이 잠을 잘 자도록 돕기 위해 달려가다 길이 막히면? 미세 플라스틱, 항생제 등의 각종 유해물질들이 쌓여 있는 길목에 막혀 프로게스테론이 제대로 공급되지 않아 불면으로 이어질 수도 있다는 글을 읽은 날, 플라스틱 용기에 담긴 배달 음식을 시켜 먹었다는 사실! 배고파서 화장 지울 생각도 안 했으니 음식물과 함께 립스틱도 뱃속으로 들어간 게 확실하다는! 헉, 책을 덮고 천연 성분으로 만든 립스틱을 찾아 폭풍 검색에 돌입한 나는 아예 바르지 않으면 된다는 간단한 해결책을 애써 외면하고, 주문 버튼을 누르고서야 긴 숨을 내뱉었다.

프로게스테론이 부족하고 에스트로겐이 우세한 데에는 또 다른 원인이 있을 수 있다. 여성의 약 30퍼센트가 겪는다는 폐경전기의 갑상선 기능저하가 프로게스테론 부족을 불러올 수 있는 것이다. 플라스틱 유화제 같은 환경호르몬과 스트레스도 프로게스테론 부족의 원인일 수 있다. 우리 몸이 스트레스 호르몬인 코르티솔을 생산하기 위해 프로게스테론 생산에 꼭 필요한 중요한 전 단계 물질들을 훔쳐 가기 때문이다. 그중에서도 가장 중요한 전 단계 물질은 '모든 스테로이드 호르몬의 어머니'라 불리는 프레그네놀론이다. 프레그네놀론은 기억력을 높이고 스트레스 저항력을 키우며 기분을 좋게 하고 수면을 촉진한다. 스트레스가 바로 이 프레그네놀론을 훔쳐 가는 도둑인 셈이다.

— <미드라이프 케어>, 88쪽

원래 그런 것, 당연한 거라고 여겼던 내 몸의 작용들이 정교하고 복잡한 호르몬들의 협업으로 가능했다는 것을 뒤늦게 알았다. 호르몬의 종류와 기능을 낱낱이 설명한 책을 두세 권 반복해 읽고 나서야 겨우 이름을 구분하고, 무슨 소리인지 감이 잡힌 정도. 알기 쉽게 비유를 들거나 갱년기 당사자로서 실감 나게 묘사된 부분은 머리에 쏙쏙 들어오지만, 그걸 설명해 보라면 역부족이다. 같이 공부하자는 말부터 시작할 수밖에 없다. 이 우주에 딱 한 명뿐인 나. 나랑 똑같은 몸을 가진 사람은 아무도 없다. 자주 언급되는 열감, 불면, 관절통 등이 누구에게나 똑같이 적용되는 건 아니다. 각자 다른 몸을 지닌 우리가 다양한 경험을 나누며 함께 공부하면 훨씬 덜 고생하고, 더 건강하게 갱년기를 통과할 수 있지 않을까?

의사들이 쓴 책들은 전공 분야에 따라 식습관 개선과 체중 조절에 초점을 맞추기도 하고,<갱년기 리셋> 호르몬 변화에 따른 증상들을 완화하기 위한 치료법을 소개하기도 한다.<미드라이프 케어> 의학 용어가 생소하고, 외국 여성의 라이프 스타일과 병원 시스템을 기준으로 쓴 책이라 아쉬운 점도 많았지만, 이 책들을 읽으며 새롭게 알게 된 사실이 많다. 호르몬에 대해 공부하면서 내 몸을 바라볼수록 신기하다. 살아 움직이는 모든 기관이 경이롭다. 이제는 몸에게 경의를 표하며 매 순간 감사하며 잘 보이고 싶다. 최적의 균형을 이루며 일해 온 내 몸이 잠시 주춤하는 지금, 재정비를 하는 이 시기에 최선을 다해 협조하고 싶다. 그 어떤 것보다 최우선으로 몸을 챙길 각오를 하게 된다.

살면서 힘들었을 때를 생각해 보면 균형을 잃고 흔들리거나 한쪽으로 치우쳐 그게 전부인 양 착각했던 때가 아닐까 싶다. 살다 보면 재밌는 만큼 고달프고, 없어서 불행하다가도 가진 것들에 감사하게 된다. 나이 든 몸은 힘들어도 마음은 더없이 자유롭고 가뿐해질 때가 있는 것처럼 균형과 조화가 삶의 질을 좌우한다. 호르몬의 균형이 깨지고, 몸의 밸런스가 무너져도 의사들이 강조하는 말을 귀담아들으려고 한다. 자가 치유 능력을 갖춘 몸을 믿으라는 말. 난 거기에 더해 고개를 조아리고 두 팔로 나를 꼭 끌어안으며 내 몸을 향한 존중과 감사, 응원의 말들을 가득 담은 헌사를 바칠까 한다.

너무 걱정하지 않아도 된다. 의사는 아무 이상 없다는데 아무리 쉬어도 피곤하고, 아침에 아들 녀석이 짜증을 부리며 방문을 쾅 닫은 일로 하늘이라도 무너진 양 눈물이 줄줄 흐른다고 해도 미치거나 불치병에 걸린 건 아니니까 말이다. 이 모든 증상은 지극히 '정상'이다. 여기서 정상이라는 말은 원인이 있기 때문에 그런 결과가 나타난다는 뜻이다. 아무 문제 없으니 참고 견디라는 뜻이 아니다.

당연히 '인생은 오십부터' 같은 말을 모토로 삼아 생물학적 시계를 되돌리자는 뜻도 절대 아니다. 삶은 변화이고 노화는 아름다운 것이다. 눈가의 주름은 많이 웃으며 살았다는 뜻이고 엉덩이에 붙은 살은 매력적이다. 흰머리가 싫다면 염색을 하면 된다. 하지만 쉰 살이 서른처럼 보이겠다고 안간힘을 쓰는 것은 외모와 젊음에만 집착하는 그릇된 여성상의 결과다.

중요한 것은 호르몬이 달라져도 몸과 마음의 건강을 유지하는 것이다. 건강과 활력, 균형과 평온에 방점이 찍혀야 한다.

- <미드라이프 케어>, 28쪽

밑줄을 진하게 그으며 마음을 짓눌렀던 돌덩이를 잠시 내려놓았던 날이 떠오른다. 그때부터 나만의 갱년기 매뉴얼을 작성하기 시작했다.

- 몸이 아프면 일단 원인을 찾으러 병원에 갈 것
- 호르몬 요법이 꼭 필요한 경우를 숙지할 것(의사의 권유

를 받으면 더 철저히 공부하고 결정할 것)

• 보조 식품을 먹기 전에 자료를 열심히 읽어볼 것
• 평소와 다른 몸 상태를 감지하면 도움을 청하고 적극적
  으로 돌볼 것
• 지인들과 적극적으로 갱년기 이야기를 나누며 격려하고,
  정보를 나누고, 더 나은 삶을 위해 논의할 것

의사들이 한 말 중에 가장 강조하고 싶은 말은 '짐작하지 말고 검사하라.'는 말이다. <갱년기 리셋>, 63쪽 나부터도 호르몬 대체 요법은 '덧셈으로 위장하고 있는 뺄셈' <중년, 잠시 멈춤>, 68쪽 이라는 말이 뇌리에 각인되어 무조건 하면 안 된다고 여겼는데, 먼저 점검해야 할 건 내 호르몬 수치라는 걸 깨달았다. 호르몬 불균형이 심각해 다른 질병의 위험성이 높아지는 건 아닌지 일단 검진부터 해 보는 게 필요하다. 요즘은 개인 맞춤형 호르몬 치료가 가능하다고 한다. 호르몬 수치 검사를 해 보고, 정밀한 분석 결과를 토대로 최선의 치료법을 찾기까지 내 몸을 의사에게만 맡기지 않았으면 좋겠다. 내 몸에 대해 꾸준히 공부해 똑똑한 환자가 되는 것이 목표다. 그러기 위해서 갱년기 관련 서적을 부지런히 구해 읽을 것이다.

호르몬이 부족해서인지, 여전히 분비되는 호르몬이 다른

기관의 이상으로 제 기능을 못하는 건지, 염증 때문에 열이 나는 건 아닌지, 나도 모르게 만성 질환이 생겨서 그런 건 아닌지 명료한 질문을 들고 진료실을 찾는 환자를 의사들은 어떻게 맞을까?

폴리 몰랜드가 쓴 <이야기는 진료실에서 끝나지 않는다>는 영국의 작은 시골 의사와 환자들의 이야기다. 작가이자 다큐멘터리 제작자인 저자는 한 마을에서 20여 년 동안 13만 번 환자를 진료해 온 '골짜기 의사'의 일상을 기록했다. 책의 첫 장에는 '이제 환자가 주인공이다.'라는 존 버거의 문장이 적혀 있다. 환자 한 명 한 명을 대하는 의사의 태도는 내가 한 번도 경험해 보지 못한 것이었다. 아픈 사람의 사연을 토대로 마음부터 진찰하는 의사. '환자의 신체적, 사회적, 정신적 취약점을 알아보고 이해할 수 있었고, 그 결과 환자 개개인을 질병이 아닌 사람으로 보고 보살필 수 있었다.'라는 구절을 보며 얼마나 부러웠는지. 처음엔 이런 의사를 만나는 건 불가능하다고 여겼지만, 생각을 바꿨다. 나는 좋은 의사를 계속 찾아다니겠다. 갱년기 동지들을 모아 서로의 취약점을 보듬어 주며 함께 공부하면서 말이다. 내 몸에 대해 가장 잘 아는 건 나라는 걸 명심해야 한다.

퉁퉁 부은 손가락을 달래며 하루를 시작하던 갱년기 초기, 망설이지 않고 검사부터 했던 나를 칭찬한다. 혈액 검사를 통해 류머티스 관절염이 아니라는 말을 듣고 안도한 나는 지금까지 손을 소중히 다루며 산다. 정확한 진단이 막연한 걱정으로부터 나를 보호할 수 있다. 2025년은 홀수년생이 국가건강검진을 받는 해다. 이번에는 산부인과 검진을 꼼꼼하게 받으려고 한다. 1월 중 가장 빠른 날을 잡아 하루라도 빨리 검진을 받을 것이다. 내 몸이 보내는 신호에 즉각, 제대로 응답하겠다는 각오로 오늘도 '공부하는 갱년기'의 하루를 마감한다.

★ 건강한 갱년기를 보내고 싶을 때 **읽으면 좋은 책**

- 민디 펠츠 지음, 이영래 옮김, <**갱년기 리셋**>, 북드림, 2024.
- 주자네 에셰 벨케, 주잔 키르슈너 브로운스 지음, 장혜경 옮김, <**미드라이프 케어: 중년 이후, 건강하고 활기차게 사는 법**>, 심플라이프, 2022.
- 추혜인 지음, <**왕진 가방 속의 페미니즘: 동네 주치의의 명랑 뭉클 에세이**>, 심플라이프, 2020.
- 폴리 몰랜드 지음, 리처드 베이커 사진, 이다희 옮김, <**이야기는 진료실에서 끝나지 않는다**>, 바다출판사, 2024.

28 2024년의 나를 지탱한 반짝이는 갱년기 어록

갱년기 어록이라 써 놓고 주춤했다. 이런 걸 어록이라고 해도 되나? 아, 지긋지긋한 자기 검열. 위인들만 어록 남기라는 법은 없으니까, 나도 쓴다. 내가 써 놓고 '괜찮은데?' 하며 좋아했던 반짝이는 나날들. 나의 갱년기를 기념하고 치하하는 2024년 갱년기 어록. 우리는 갱년기다. 잘난 '척'할 필요 없다. 지금껏 자신을 살아 낸 우리 모두는 이미 잘난 존재들이다. 그러니 모두 각자의 갱년기 어록을 만들어 보기를!

- **1월 4일** 어딘지 불편한 말이라면, 친분을 빌미로 선을 넘는다면, 부드럽지만 단호하게 예의를 갖춰 거절할 것.
- **1월 7일** 내가 하는 일은 나를 마주하고 있는 사람이 본래의 자신보다 조금 더 나은 자신을 만나도록 도와주는 것.
- **1월 15일** "탐구하는 자세가, 한 여자를 자기 삶의 영웅으로 만든다." <완경 일기>, 64쪽 그렇다면 언어, 사람, 책을 치열하게 탐구하는 나는 어떤 영웅 지혜와 재능이 뛰어나고 용맹하여 보통 사람이 하기 어려운 일을

• 1월 16일 해내는 사람 이 될 것인가에 천착해 보겠다.

• 1월 16일 완경기는 세상의 기준과는 차원이 다른 아름다움을 발견하고 경험하는 시기다.

• 1월 19일 자다가 벌떡 일어나 쓴 글 상식의 기준은 사람마다 다르다 에서 깨달은 사실로 두 가지 선택지에 놓인 나는 상식의 기준을 갈고닦아 한 단계 높이기로 한다.

• 1월 25일 피아노와 요가를 배우며 반복하는 행위에서 우러나오는 삶의 경건함을 배운다.

• 2월 17일 50대 세 여자의 대화가 다섯 시간 이어지는 저력은 각자의 단단한 서사가 있기 때문이다.

• 2월 20일 요가는 몸을 쓰고, 글은 정신을 쓴다.

• 2월 28일 영화 <추락의 해부>를 보러 가는 길. 힘차게 뻗는 발걸음이 나를 곧추세운다. '두려울 때 한 걸음 더 나아간다.'라는 정약용의 말을 몸으로 깨달은 날.

• 3월 3일 <이처럼 사소한 것들>에 나오는 '척지지 않고' 사는 것이라는 표현이 새삼 와 닿았는데, 왜 이리 줄줄이 얼굴이 떠오르는지. 아니, 척지기 전에 관계를 정돈한 것일 뿐. 보이지 않는, 불순한 마음을 감지하면 냉정해지는 나. 결국 외로워질까?

• 3월 4일 <웰컴 투 갱년기> 소제목을 단숨에 스무 개나 뽑았다. 이건 정말 쓰고 싶은 책이다.

•**3월 5일** 관계를 잇고 있는 실이 가늘어졌을 때, 잠시 잘 덮어 둘 것.

•**3월 6일** <지구의 정원사>라는 다큐멘터리를 보며 영향력 있는 노후의 삶에 대해 고민해 보았다. 나는 나만의 세계를 저렇게 보여줄 수 있을까?

•**3월 14일** 스스로에게 일거리를 주고 온 마음으로 일한다. 나의 월급은 '자부심'으로 지급된다.

•**3월 20일** '스페이스 다온'에서 김수정 선생님 강의를 들으며 중년에 대해 공부하는 시간이 유익하다. 이렇게 준비를 하며 맞는 나의 60대는 퍽 괜찮을 듯.

•**3월 24일** 마음 상하는 대화에도 굳건한 나. 이성과 감성의 조화로움에 대해 흐뭇해하기로.

•**3월 29일** '엄마의 갱년기'로 글 한 편을 썼다. 엄마의 가려진 시간들, 기록할 것이 많다.

•**4월 5일** <고도를 기다리며>를 보며 노년을 기다리지 말고 (의식하지 말고) '현재'를 살자고 생각했다.

•**4월 8일** 쉰세 개의 봄이 내 안에 있다.

•**4월 9일** 혼자 있고 싶지 않은 날에도 혼자 있는다. 함께 있고 싶은 이들을 떠올리면 그들의 마음이 내 곁에 와 앉는 것 같아 하나도 외롭지 않아서.

•**4월 12일** 눈에 와닿는 모든 풍경이 벅차다. 봄이 주는 무한한

기쁨을 차곡차곡 쌓아 두었다가 축축하고 마음 시린 날, 슬
픔이 방울방울 떨어지는 날 펼쳐 봐야지.

•4월 17일 45세에서 55세가 뇌의 절정기란다. 새로운 경험이
줄어들면 시냅스 연결이 둔화된다니, 최대한 새로운 것들
속으로 돌진! 변화를 두려워하던 나였는데…

•4월 30일 오랜 인연은 두 사람의 마음이 균형을 잘 잡았다는
증거다.

•5월 1일 노동자의 날, '가사노동자'가 공식적으로 밥 안 해도
되는 날도 정하면 좋겠다. 밥 하는 데 쓰는 에너지를 나를
위해 쓰고 싶은, 나는야 갱년기!

•5월 3일 내게는 북 코디네이터 10년의 노하우를 담은 노트
한 권이 있다!

•5월 10일 5~60대 분들과 독서 모임을 하고 오는 길. 멋지게
나이 드는 비결을 확인했다. 독서 모임을 하면 된다. 마음을
열고, 책장을 열면 된다. 그리고 마주 앉기. 경청과 존중의
자세로 대화하기.

•5월 11일 <노인과 바다>를 50대에 읽어서 얼마나 다행인지!
혼자 읽지 않고 함께 읽어 얼마나 즐거운지! 평면적 독서가
입체적 독서로.

•5월 12일 겸손하게 나이 들고 싶다. 라이너 쿤체 시인의 <은
엉겅퀴>의 메시지처럼 다른 사람을 빛나게 해 주면서 스스

로도 빛나는, 선한 영향력을 끼치는 독서 모임을!

•5월 16일 나는 아무짝에도 쓸모없는 일에 최선을 다하는 능력이 탁월하다. 그래서 그 일이 쓸모 있어질 때가 많다.

•5월 20일 50대여서 좋다. 삶의 무게는 만만치 않아도 작은 것에 경탄하는 힘으로 버티며 산다.

•5월 23일 낙심하고 당황하고 실패할까 봐 너무 힘을 준 나머지 마음부터 넘어질 때가 있다. 그럴 땐 엉덩이에 힘 빼주고 단단한 자세로 선다. 아무리 어지러운 마음도 가지런해지는 시간. 요가는 내게 운동이 아니다. 부들부들 힘겹게 자세를 따라 하지만 매트 위에서 나는 더없이 평온하고 자유롭다. '단정한 실패'라니, 이 말 꼭 붙들고 살아야지.

•5월 25일 박수근 미술관에 걸린 글귀 '평범한 날들의 찬란한 하루'. 갱년기가 추구하는 나날일세.

•5월 29일 거의 매일 피아노를 치러 간다. 오늘 77번째 연습. 내 안에 이런 열정이! 테스토스테론아, 고마워.

•6월 11일 백수린의 소설을 읽다가 '마음이 박탈당한 사람처럼'이란 구절에 마음을 훅 뺏겼다. 나, 호르몬도 뺏긴 것 같아.

•6월 20일 어떤 사연으로 사이가 틀어지거나 멀어지게 되더라도 서로를 발견했을 때 못 본 척 슬그머니 자리를 피하는 사이만은 되지 않기를.

•6월 26일 남성 서사는 대부분 자신을 둘러싼 역경을 헤쳐 나

가는 이야기로 흘러간다. 여성 서사는 자신부터 뚫고 나와야 한다.

- 7월 3일 눈에 보이는 뚜렷한 일, 지속 가능하며 안정적인 일, 노후가 불안하지 않을 정도의 수입이 보장되는 일. 그런 일이 절실히 필요하다는 자각으로 잠을 설친 밤. 기어코 발견한 작은 희망은 매일 아침이 찾아온다는 것. 날이 밝으면 계절의 크고 작은 선물이 대가 없이 내 앞에 주어진다.

- 7월 4일 그럼에도 노인처럼. 앙상하게 뼈만 남은 성취 앞에서도, 남들에게는 보이지 않는 자신만의 눈부신 성취로, 자부심을 잃지 않고 살아갈 수 있기를. 오직 사랑으로.

- 8월 6일 "좋은 어른이 됩시다." <눈물꽃 소년>이 남긴 말.

- 8월 9일 처음 들어본 말 "네 탓이다." 내가 들었어야 하는 말은 "네 덕분이다."가 아닐는지.

- 8월 12일 매일 도전하고, 매일 실패할지라도, 나의 일은 하나도 하찮지 않다.

- 8월 16일 아프면 즉각 병원부터 가는 나. 내 보호자는 나다!

- 9월 2일 관계의 폭이 좁아지고 만나는 사람도 줄었지만, 관계의 질은 높아졌다.

- 9월 3일 모임을 구상하며 가슴이 뛴다. 내 안의 창조성을 기뻐하며 소박한 등대 역할을 한다. 반짝, 여기에요 여기!

- 9월 17일 명절에 모일 때마다 동영상을 찍어 둔다. 더없이 그

리워질 이 순간을 미래의 눈으로 본다. 놓치지 말자. 더 많이 사랑하자.

•**9월 22일** 헤어짐의 계절, 그리운 마음이 돌아오는 계절.

•**10월 3일** 이 노트를 쓰는 나, 내가 책이다.

•**10월 4일** 나뭇잎 한 장에서 나무의 사계를 본다. 작은 씨앗 한 알, 무성한 초록, 담담한 낙하, 섬세한 수형과 잎맥, 움튼 순간의 설렘, 성장의 희열, 익어가는 보람, 감춰진 미덕… 내 인생의 사계도 이 나뭇잎처럼 아름다운 흔적을 남길 수 있기를.

•**10월 5일** 미처 전하지 못한 안부, 한발 늦은 안부, 간절한 신호였으나 상대방이 미처 감지하지 못한 안부는 얼마나 많았는지.

•**10월 7일** 슬픔의 구체적인 표정을 섬세하게 살피는 사람이 되고 싶다.

•**10월 11일** 글쓰기로 짙어지고 글쓰기로 옅어지는 것을 또렷이 응시한다.

•**10월 13일** 미래의 나를 지금의 내가 어떻게 도울 수 있을까?

•**10월 20일** 문득 10년. 역량이 남았다. 다시 10년을 채울 근력이 생겼다. 무엇보다 지난 10년이 나를 이끌고 와서 다른 10년으로 데려가 줄 근거와 증거가 남았다.

•**10월 25일** 중년의 우정, 나는 이렇게 정의한다. '중요한 대화

를 나눌 수 있는 사이'

- **11월 3일** 계수나무 주위에 수북하게 쌓인 나뭇잎들을 밟으니 진짜 달콤한 사탕 냄새가 난다. 계절과 자연을 감각하는 순전한 기쁨.

- **11월 7일** 오랜만에 빈야사 수업에서 길고 깊은 호흡 끝에 울음이 터져 나올 뻔했는데, 고요히 나를 달래던 그 순간에 슬픔도 고단함도 아닌 충일함을 느꼈다는 것이 감사하다.

- **11월 7일** 시끌벅적 김장. 이 요란한 가족 행사를 몇 번이나 더 치를 수 있을까? 엄마는 할 일이 있어야 저렇게 힘이 펄펄 나시는구나. 진통제로 가려진 생의 고단함은 어쩌고.

- **11월 22일** 보험에 대해 오래 생각했다. 보험의 든든한 보장을 믿기보다 내 몸을 믿어보자는 생각.

- **11월 25일** 도수 치료를 받았다. 만지는 모든 곳이 아프다. 지나온 세월이 신음한다. 더 나이 든 내 몸의 깊은 한숨이 들리는 듯싶다. 창밖의 풍경은 어느 때보다 아름답다. 잎이 우수수 지고 있는데도.

- **12월 2일** 책 표지 시안이 나왔다. 벌레 먹은 잎 안에 초록, 노랑, 주황, 밤색이 어우러진 모양새가 '갱년기'의 함의를 잘 담고 있다. 표지에 사용된 낙엽은 10월 4일 일기에 등장하는 그 나뭇잎이다.

- **12월 15일** 하루 종일 글을 고치는 게 오늘의 내 일. 고쳐서 더 나아지는 글처럼 몸도 그랬으면 좋겠다. 몸을 쓰는 자세, 몸

을 대하는 태도, 잘 고쳐 보자.

· **12월 19일** 글을 쓸 때 간혹 외롭다. 혼자만의 세계에 고립된 느낌. 그럴 때면 어딘가에서 내 글을 기다릴 누군가를 생각하며 힘을 낸다.

· **12월 31일** 하루 종일 집에서 원고를 본다, 본다, 본다. 읽고 고치고, 읽고 고친다. 몇 번 정도 읽으면 부끄럽지 않은 책이 될까? '엄마의 갱년기'를 읽다가 외할머니가 생각나 펑펑 울었다.

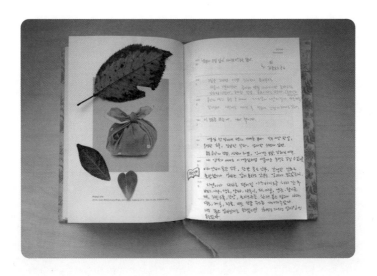

에필로그

윤슬처럼 반짝이는 갱년기의 나날들

갱년기라는 강이 저 앞에 놓여 있다. 얼마나 깊을까, 얼마나 차가울까, 건너가려면 얼마나 멀까, 걱정부터 하지 말고 어떤 강인지 알아봤으면 좋겠다. 먼저 건너는 이들의 이야기를 부지런히 들어보고 차근차근 공부하며 준비했으면 좋겠다. 각자 건너야 할 강이지만, 같은 강을 건너는 우리. 정보를 공유하고, 마음을 나누면서 함께 건너면 어떨까?

젊은 날의 활력은 사라졌어도 새롭게 나타나는 것들이 있다. 닥쳐올 난관들을 헤쳐 나갈 지혜와 수십 년 몸으로 살아낸 근거 있는 자신감이다.

두려움과 막막함을 걷어 내면 본디 아름다운 강의 모습이 나타날 수도 있다.

아무도 환대하지 않은 갱년기를 위한 헌사

이 책을 쓰는 목적이 분명해질수록 글 쓰는 게 신났다. 처음 해 보는 경험이었다. 지난한 글쓰기의 여정 속에서 많은 이들의 얼굴이 내 앞에 나타났다 사라졌다. 갱년기에 겁먹은 동생들에게 믿을 구석이 되어 주고 싶었다. 새로운 도전 앞에서 망설이는 사람들의 등을 힘차게 떠밀어 주고 싶었다. 외로이 통증을 견디는 이들 곁에 앉아 어깨에 손을 두르고 같이 울어 주고 싶었다. 함께 갱년기를 지나는 친구들을 격려하고, 의연하게 통과하고 있는 선배들을 자랑하겠다고 마음먹었다.

견딜 만해. 생각보다 괜찮아.
바로 지금이야. 최적의 시간이 온 거야.
진짜 힘들지 않아요? 엉엉
잘하고 있어. 우린 멈춘 게 아냐. 잠시 속도를 늦춘 것뿐.
언니들이 있어서 힘이 나요. 잘 따라갈게요.

이 책이 작은 디딤돌이 될 수 있기를

갱년기의 언어를 점검하고 바꾸어 쓸 수는 없을까 고심했다. '폐경'의 주체로서 내 몸에 대한 이야기의 주도권을 되찾고 싶었다. 나의 완경을 기념하고 치하하기 위해 이 글을 썼다. 스스로 정의 내리면 명확해지는 의미를 기대하며 나만의 갱년기를 정의하고 싶었다.

갱년기가 도대체 뭐길래, 막연한 두려움을 벗으려고 책을 읽으며 공부했다. 나를 대상화하고 상품화하는 갱년기 정보의 홍수에서 나를 지키고 싶었다. 검증된 정보를 찾아가며 연대의 필요성을 실감했다. 함께 공부하고, 체화된 지식을 나누며 건강한 갱년기 담론을 펼치겠다는 열망을 품었다.

이 책을 디딤돌 삼아 갱년기 공동체를 꾸려 보면 어떨까? 혼자서는 실천하기 어려운 것들을 함께 시도하고, 모르는 것은 같이 공부하며 갱년기 지식을 모으는 것이다. 각자의 경험 속에서 배운 삶의 지혜를 나누는 동안 새로운 갱년기 문화가 펼쳐질 것이다.

새로 쓰는 갱년기 정의

책을 쓰는 동안 갱년기 덕분에 체득한 삶의 기술이 얼마나 귀한지 깨달았다. 아픈 팔을 겨우 치료하고 난 뒤 바로 다리를 또 다쳤을 때, 우울의 나락으로 떨어지려는 나를 잽싸게 구해 낸 것은 누구도 아닌 나 자신이었다. 나쁜 일이 일어나는 순간 떼 지어 몰려오는 불행감 속에서 기필코 좋은 걸 찾아내는 기술. '어휴, 이만하길 다행이네!' 스스로를 안심시키고 보살피는 마음은 절로 생긴 게 아니었다. 실수를 실력으로 만회하는 기술도, 비관적인 전망 틈새로 한 줄기 희망을 불어넣는 말의 기술도 갱년기를 지나오는 동안 터득한 것이다. 나를 돌보고 나를 북돋우기 위한 노력 속에서 절로 축적된 갱년기의 힘이다.

갱년기는 머리부터 발끝까지 내 몸을 깊이 사랑하며 돌보는 시기다. 내 삶의 우선순위를 갱신해 내 마음 가는 대로 살아볼 기회다. 나의 갱년기는 갱생기인 셈이다.

나에게 갱년기란, 몸의 변신과 마음의 진보로 고양되는 시기. 늑갱신기, 갱생기 ^{이화정} 이화정

- **변신** 몸의 모양이나 태도를 바꿈.
- **진보** 정도나 수준이 나아지거나 높아짐.
- **고양** 정신이나 기분 따위를 북돋워서 높임.
- **갱생** 마음이나 생활 태도를 바로잡아 본디의 옳은 생활로 되돌아가거나 발전된 생활로 나아감.

잘 왔어요, 웰컴 투 갱년기!
이제부터 당신의 갱년기 이야기를 들려주세요.

빛나는 날개를 달고 훨훨 날기 위해
출발점에 서는 때 _{김태숙}

지금 어떻게 사느냐에 따라 다르게 다가올 얼굴 _{고은아}

이 세상에서 가장 소중한 사람은
'나'라는 것을 알게 되는 시기 _{김선정}

그동안 몰랐던 새로운 자유가 시작되는 시기 _{안성은}

50년 애쓰며 오른 오르막, 잠시 쉬며 숨을 가다듬고
새로운 길로 나설 채비를 하는 시간 _{이은미}

입혀준 옷은 벗어 던지고,
입고 싶은 옷을 짓기 시작하는 시간 _{전미선}

비로소 내가 될 수 있음을 확신할 수 있는 시간 _{신선영}

타인에 대한 기대 대신
이기적인 독립을 선택한 시기 _{박애라}

비로소 내 인생의 주인공으로
명랑하게 살아가는 시작점 _{김은주}

먼저 읽어 준 고마운 분들

마흔 이후 몸의 변화에 신경이 곤두선다. 산부인과에서 갱년기 검사를 받은 뒤 결과를 기다리는 일주일 동안 '갱년기 공포'에 시달렸다. <웰컴 투 갱년기>는 '갱년기'라는 가볍지 않은 키워드를 작가 특유의 유머로 풀어낸다. '갱년기 괴담'으로 시작하는 이 책은 몸-마음-인간관계의 세 축에서 휘청여도 결국 나의 자리로 돌아오는 방법을 보여주고, 나를 어떻게 살펴야 하는지 알려 준다. 이전 책들에 비해 무게감을 내려놓은 부분이 있지만, 중반부터는 역시 이화정 작가의 깊이 있는 글의 매력을 느낄 수 있다. 그래서 이 책은 목차를 보고 마음에 드는 챕터부터 읽어도 좋지만 순서대로 읽었을 때 진가가 드러난다.

제목은 '갱년기'라는 키워드를 내세우고 있지만, 결국 '나를 돌보는 방법'에 대한 이야기. 어쩌면 갱년기를 반갑게 맞이할 수 있을 거라는 부푼 희망을 안고 이 책을 덮게 된다.

갱년기를 향하고 있거나 갱년기에 머무는 사람들 가방 속에 필수품으로 한 권쯤 챙겨 두면 어떨까? 또 누군가에게 선물할 책 한 권을 더 챙겨 두는 센스를 발휘한다면, 함께여서 더 반갑게 "welcome to 갱년기"를 외칠 수 있지 않을까?

- 신선영

'나이 들어서 그래.'로 뭉뚱그리는, 몸과 마음이 들썩댄다는 갱년기가 곧인가 싶다. 쉬쉬하는 분위기에 궁금증을 꽁꽁 숨기고 있는 나에게 책 속의 동생, 친구, 선배 언니들이 말을 건다. 어찌할 수 없는 듯해 슬프기도 하고 낯선 경험이라 무서울 수도 있지만 가끔은 푸하하 웃을 일도 있다고 알려 준다. 조잘거리는 이야기를 읽는 사이에 막연했던 것들이 구체적인 형체를 가지게 되었다. 위로와 용기, 자신감을 얻는 것은 물론이요, '나'를 돌아보고 보듬고 싶은 마음까지 샘솟았다. 게다가 책을 덮을 즈음엔 앞으로 어떤 재미있는 일이 생길까 희망 가득한 기대를 가졌으니, 이 얼마나 좋은가.

막연한 두려움으로 '갱년기'가 이젠가 저젠가 하며 모든 것에 의심이 들기 시작한다면, 갱년기라 불리는 나이에 '내가 왜 이러지' 당황스럽고 슬프다면, 이 책을 읽어 보기 바란다.

- 김태숙

나이 듦이 달갑지 않은 건 30대도 마찬가지다. 나이는 숫자에 불과하다지만 급격히 떨어지는 체력과 서서히 가라앉는 마음은 나도 나이 들고 있음을 선명하게 보여준다. 마흔을 눈앞에 둔 지금, 갱년기를 통과하는 인생 선배의 모습을 미세 현미경으로 관찰하듯 유심히 바라볼 수 있다는 게 얼마나 다행인지! 책을 읽는 동안 어제와 다른 마음으로 40대를 살아가겠다고 매 순간 다짐했다. 갱년기를 제대로 알고 싶은 사람, 갱년기는 아직 먼 일이라고 생각하는 30대 친구들과 이 책을 함께 읽으면 얼마나 좋을까?

웰컴 투 갱년기, 우리에게도 갱년기가 그렇게 다가오길 바라며 마지막 장을 덮었다.

- 고은아

갱년기, 하면 떠오르는 이미지를 단숨에 바꿔 준 책. 무섭게 여겨지던 갱년기가 아름답게 다가온다. 책을 읽으면서 엄마가 떠오르고, 남편이 생각나고, 나의 과거와 미래 모습이 그려지면서 자꾸만 눈물과 웃음이 동시에 나왔다. 갱년기를 앞둔 사람, 갱년기 한가운데에 고립되어 있는 사람에게 추천하고 싶다. 아니다. 갱년기와 직접적이든 간접적이든 연관되지 않은 사람이 어디 있을까? 아내와 남편, 부모와 자녀, 갱년기 언니, 동생, 친구, 이웃, 그리고 자기 자신까지. 특히 이 책은 아내를 사랑하고 더 잘 이해하고 싶은 남편들에게 추천하고 싶다. 갱년기 탓으로 돌렸지만 정확히 알 수 없던 그의 몸과 마음을 구체적으로 이해할 수 있게 되리라 확신한다.

- 안성은

얼마 전까지 갱년기는 여성의 전유물인 줄 알았다. 갱년기를 나이 들어가는 여성들이 겪는 부정적인 시기로 오해했기 때문이다. 어쩌면 지금도 나처럼 믿는 이들이 많지 않을까? 갱년기를 통과하는 시점에 이 책을 만날 수 있어서 다행이다. 삶의 매뉴얼을 얻은 것 같아 마음이 든든해진다. 다가올 갱년기를 막연히 두려워하는 이들, 갱년기의 지점에서 살아가는 많은 이들이 읽는다면 힘차게 살아갈 용기를 얻을 것이다.

갱년기를 '새롭게 나와 이 세상을 바라보는 시기'라고 다시 정의해 보며 앞으로 남은 시간에 희망을 느낀다. 이 책을 읽고 함께 나아갈 갱년기 동지들을 만나고 싶다. 우리의 연대가 세상을 바꾸어 갈 것임을 믿는다.

- 김선정

수술 후 처방받은 호르몬제와 함께 시작된 엄마의 갱년기, 손발 가려움증으로 고통스러워했던 엄마의 붉은 손바닥을 기억한다. 짝을 이루며 등장했던 선풍기까지. 그렇게 각인된 갱년기는 지금까지 두려움과 불편함을 동반한 질환으로만 여겨졌다.

현재 나의 갱년기는 진행 중이고 아직은 선풍기가 필요하지는 않다. 그동안 가지고 있던 생각을 전환하기에 가장 좋은 방법은 내가 직접 경험하여 깨닫는 것이다. 믿을 만한 누군가의 생생한 체험담이 보태진다면 더 효과적일 것이다. '갱년기'에 대한 오해와 모호한 의미는 날려버리고 갱년기를 살아갈 힘과 그 이후의 삶을 기대하게 하는 책 <웰컴 투 갱년기>는 자신의 몸과 마음을 스스로 새롭게 정의 내릴 수 있게 도와주는 든든한 안내서로 내 옆에 자리할 것이다.

- 이은미

하마터면 인생의 다음 스테이지에 진입했음을 강력하게 알려주는 신호탄을 몰라보고 애꿎은 세월만 원망하며 주저앉아 있을 뻔했다. 자식도 남편도 몰라주는 갱년기 힘듦에 외롭고 서글픈 50대 갱년기 동지들, 하나둘 아픈 곳이 생기면서 피부과 대신 용한 한의원과 정형외과를 찾기 시작한 40대 신입들, 나보다 나를 더 믿어 주고 북돋워 주는, 재밌고 지혜로운 '인생 동네 언니'를 찾아 헤매는 동생들과 함께 읽고 싶다. 용감하고 유쾌한 갱년기 공략집인 이 책 덕분에 '우리'는 제2의 사춘기인 '갱년기'를 맞이할 만반의 준비 완료다.

- 전미선

  온몸으로 쓴 글을 읽었다. 생의 분기점에서, 밖에서 유래한 위기가 아닌 내 안에서 자아낸 변화와 벌이는 씨름. 달라진 몸을 받아들이는 용기가 생기로 샘솟아 몸을 흘러나와, 친절한 위로와 초대로 화해 책에 담겼다.

  활자에 담긴 것은 여성의 경험인데, 남성인 나를 만났다. 마흔이 되자마자, 조금 이르게 다가왔던 내 갱년기를. 항암을 마치고 구석구석 아픈 몸에 갇혀 주저앉던 날을. 변화된 몸 안에 갇혀 낮밤이 바뀐 채 울고 불다 달래고 타협하며 추스리고 일어났던 기억을.

  그럴 테지. 우린 만날 수밖에 없지. 테스토스테론과 에스트로겐의 비율이 정확히 반대로 변하면서 여자와 남자는 서로에게 다가갈 테지. 그게 갱년기라니, 팽팽한 긴장 내려놓고 서로에게 '다정이'가 되어 곁에 남는 일이라니. 되려 반갑다. 웰컴 투 갱년기!

- 황영준